Le café du coin

**Des yeux de soie**
by Françoise Sagan

Copyright © Editions Stock, 2009
The first edition of this work was published in 1976 by Editions Flammarion
all rights reserved.
Korean translation copyright © 2013 by Sodam&Taeil Publishing House.
Korean edition is published by arrangement with Editions Stock
through Imprima Korea Agency.

이 책의 한국어판 저작권은 Imprima Korea Agency를 통한 Editions Stock과의 독점 계약으로 소담출판사에 있습니다. 저작권법에 의하여 한국 내에서 보호를 받는 저작물이므로 무단 전재와 무단 복제를 금합니다.

---

## Le café du coin
## 길모퉁이 카페

| | |
|---|---|
| 펴 낸 날 | 2013년 2월 5일 초판 1쇄<br>2022년 2월 15일 개정판 1쇄 |
| 지 은 이 | 프랑수아즈 사강 |
| 옮 긴 이 | 권지현 |
| 펴 낸 이 | 이태권 |
| 책임편집 | 안여진 |
| 책임미술 | 박은정 |
| 펴 낸 곳 | 소담출판사<br>서울특별시 성북구 성북로5길 12 소담빌딩 301호 (우)02880<br>전화 \| 02-745-8566    팩스 \| 02-747-3238<br>등록번호 \| 1979년 11월 14일 제2-42호<br>e-mail \| sodambooks@naver.com<br>홈페이지 \| www.dreamsodam.co.kr |
| ISBN | 979-11-6027-288-8 04860<br>979-11-6027-283-3 04860 (세트) |

• 책 값은 뒤표지에 있습니다.
• 잘못된 책은 구입하신 곳에서 교환해드립니다.

# Françoise Sagan

## 길모퉁이 카페

프랑수아즈 사강 지음 | 권지현 옮김

## Le café du coin

소담출판사

# 차례

| | |
|---|---|
| 비단 같은 눈 | 7 |
| 지골로 | 35 |
| 누워 있는 남자 | 52 |
| 내 남자의 여자 | 64 |
| 다섯 번의 딴전 | 80 |
| 사랑의 나무 | 89 |
| 어느 저녁 | 99 |
| 디바 | 106 |
| 완벽한 여자의 죽음 | 115 |
| 낚시 시합 | 126 |
| 슬리퍼 신은 죽음 | 134 |
| 왼쪽 속눈썹 | 148 |
| 개 같은 밤 | 171 |
| 로마식 이별 | 182 |
| 길모퉁이 카페 | 197 |
| 7시의 주사 | 205 |
| 이탈리아의 하늘 | 212 |
| 해도 진다 | 228 |
| 고독의 늪 | 236 |
| | |
| 옮긴이의 글 | 245 |

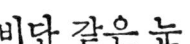

## 비단 같은 눈

　제롬 베르티에는 엄청난 속도로 차를 몰았다. 아름다운 아내 모니카는 마구잡이로 차를 모는 남편을 애써 못 본 척하는 중이다. 부부는 주말을 틈타 피레네산양 사냥에 나서는 길이었다. 제롬에게 그보다 더 즐거운 일은 없었다. 그는 사냥, 아내, 시골 그리고 지금 만나러 가는 친구들인 스타니슬라스 브렘과 그의 여자라면 사족을 못 썼다. 스타니슬라스는 이혼 뒤 보름에 한 번씩 여자를 갈아 치우고 있다.

"늦지 않게 나와 있어야 할 텐데. 이번엔 또 어떤 여자를 데리고 나올까?"

모니카는 피곤이 깃든 표정으로 웃었다.

"그야 모르지. 활동적인 여자여야 할 텐데. 당신들이 하는 사냥이 좀 힘들어."

제롬은 고개를 끄덕였다.

"맞아, 아주 힘들지. 스타니슬라스가 왜 그러는지 모르겠어. 그 나이…… 아니 우리 나이에 꽃미남 행세라니. 어쨌든 여태 준비가 안 됐으면 비행기를 놓칠지도 몰라."

"당신이 뭐라도 놓치고 배길 사람이야?"

모니카는 깔깔댔다.

제롬 베르티에는 아내를 곁눈질로 살피며 그 말이 도대체 무슨 뜻일까 다시 한 번 생각에 잠겼다. 그는 사내답고 충실하고 조용한 남자다. 스스로 꽤 매력 있다는 걸 알고 있고, 결혼 생활 13년 동안 유일하게 사랑한 여자인 아내에게 세상 그 누구보다 안락하고 안정적인 생활을 보장해주었다. 하지만 가끔 말없는 아내의 꿍꿍이가, 어둡고 차분한 눈빛 뒤에 무엇이 숨겨져 있는지가 궁금했다.

"무슨 뜻이야?"

"당신은 아무것도 놓치지 않잖아. 사업이면 사업, 인생이면 인생, 비행기면 비행기. 아마 사냥감도 놓치지 않을걸."

"그래야지. 허공에 총 쏠 거면 사냥을 왜 해. 산양이 얼마나 잡기 까다로운 짐승인데."

부부는 라스파유 대로의 한 건물 앞에 도착했다. 제롬이 경적을 세 번쯤 울리자 그제야 창문 하나가 열리더니 한 남자가 나타났다. 그는 어서 오라며 큰 손짓을 했다. 제롬이 차창 밖으로 고개를 내밀고 소리쳤다.

"빨리 내려와! 비행기 놓치겠어!"

창문이 다시 닫히고 2분쯤 지나자 스타니슬라스가 여자 친구와 함께 나타났다.

제롬이 자신감 있고 듬직하면서도 결연해 보인다면, 스타니슬라스는 키가 크고 몸짓이 유연하면서도 어딘가 불안해

보이는 스타일이었다. 금발의 눈부시고 예민한 듯 보이는 젊은 여자는 소위 주말용 여자였다. 두 사람은 차 뒷문을 열고 몸을 밀어 넣는다. 스타니슬라스가 소개를 시작했다.

"모니카, 여긴 베티야. 베티, 이쪽은 모니카. 그리고 모니카 남편이자 유명한 건축사인 제롬. 이제부터 이 남자 말을 잘 들어야 해. 이 남자가 대장이니까."

일행은 모두 기분 좋게 웃었다. 모니카는 사람 좋게 베티의 손을 꽉 잡아주었다.

차는 루아시 공항을 향해 출발했다. 스타니슬라스는 몸을 앞으로 기울이며 약간 날카로운 목소리로 물었다.

"여행을 앞둔 두 사람의 기분은 어떠신고?"

하지만 대답도 기다리지 않고 여자 친구를 바라보며 빙긋 웃었다. 스타니슬라스는 백치미가 흐르는 것 같기도 하고 바람기를 풍기는 것 같기도 한, 다소 늑대 같으면서 호탕한 남자의 매력을 갖고 있다. 베티도 무언가에 홀린 듯 마주 보고 웃었다.

스타니슬라스는 목청껏 외쳤다.

"이래 봬도 이 자식하고 알고 지낸 지 벌써 20년째야. 같은 학교 동창이지. 얘는 늘 우등생이었어. 쉬는 시간에 싸울 때도 늘 저놈이 강펀치를 날렸다니까. 주로 싸움 거는 날 막으려고 한 거지만. 난 그때부터 지독한 말썽쟁이였지."

그리고 모니카를 가리키며 말했다.

"이 여자는 내가 알고 지낸 지 13년째야. 둘이 아주 행복한 부부라고. 잘 봐둬, 자기."

앞 좌석에 앉은 제롬과 모니카는 스타니슬라스의 말에 귀를 기울이는 것 같지 않았다. 마치 약속이라도 한 듯 두 사람의 입가에 가벼운 웃음이 번졌다.

"내가 이혼했을 때도 이 두 사람이 날 위로해줬지. 나 진짜 슬펐거든."

차는 북부 고속도로 위에서 속력을 내는 중이었다. 베티는 고함을 치다시피 했다.

"왜 슬퍼? 자기 부인이 자기 싫다고 했어?"

스타니슬라스도 소리를 지르며 대답했다.

"아니! 내가 싫다고 했지. 그건 신사가 입에 담을 수 없는 끔찍한 말이었어."

스타니슬라스는 껄껄 웃더니 좌석 등받이에 몸을 기댔다.

드디어 루아시 공항. 지옥이 시작됐다. 일행은 제롬의 민첩함에 입을 다물지 못했다. 제롬은 비행기 표를 보여주고, 짐을 등록하는 등 하나에서 열까지 일일이 챙겼다. 나머지 세 사람은 제롬을 쳐다보기만 하면 되었다. 두 여자들이야 남자가 챙겨주는 데 익숙했고, 스타니슬라스마저 한 발짝도 움직이지 않는 데 명예라도 건 듯했다. 네 사람은 복도를 지나 다시 에스컬레이터를 탔다. 두 사람씩 짝을 지어 얼어붙은 듯한 자세로 이동하는 일행의 모습은 요즘 부유층 커플의 전형이었다. 비행기에 오른 네 사람은 일등석에 앞뒤로 나눠 앉았다. 모니카는 승무원이 나눠준 잡지에는 눈길 한 번 주지 않고 창문 너머 지나가는 구름 구경에 푹 빠졌다. 그때 제롬이 자리에서 일어나는가 싶더니 갑자기 스타니슬라스의 옆얼굴이 모니카에게 다가왔다. 스타니슬라스는 손으로 창밖에 있는 뭔가를 가리키는 것 같았지만 그의 목소리는 다른 말을 하고 있었다.

"널 갖고 싶어. 어떻게 좀 해봐. 이번 주말에 꼭 널 가져야겠어."

모니카는 눈만 깜빡일 뿐 대답을 하지 못했다.

"너도 원한다고 말해줘."

스타니슬라스는 여전히 웃음을 머금은 채 보챘다.

모니카는 스타니슬라스를 향해 몸을 돌려 진지한 눈빛을 보냈다. 하지만 뭐라고 말할 사이도 없이 스피커가 떠들어대기 시작했다.

"저희 비행기는 곧 뮌헨에 도착합니다. 승객 여러분은 좌석에 앉아 안전벨트를 매주시기 바랍니다. 지금부터는 담배를 피우실 수 없습니다."

스타니슬라스와 모니카는 적이자 연인이 된 듯 마주 보았다. 스타니슬라스가 이번에는 활짝 웃어 보이더니 자리에 가서 앉았다. 이윽고 제롬이 모니카 옆에 와서 앉았다.

하늘에 구멍이라도 뚫린 듯 비가 쏟아졌다. 일행은 렌터카를 타고 산장으로 향했다. 차를 운전하는 사람은 물론 제롬이었다. 차에 오르기 전 모니카는 친절하게도 베티에게 혹시 멀미가 심한 편이냐고 물었다. 예의와 체면을 중시하는 듯한 베티는 고개를 끄덕이더니 제롬 옆 조수석에 앉았다.

  제롬은 기분이 날아갈 것 같았다. 낙엽에, 비에, 안개까지 낄 태세였기에 운전에 집중해야 했지만 라이트와 와이퍼 작동 그리고 모터 소리가 그와 다른 사람들 사이에 그리 거북하지 않은 벽을 만들어주었다. 언제나처럼 그는 자신을 책임자로 느꼈다. 모두를 사냥 오두막으로 데려갈 작은 우주선의 선장이라도 된 것 같았다. 그는 운전을 하고, 속도를 내고, 브레이크를 밟으며 그를 포함한 네 명의 목숨을 지휘하고 있었다. 익숙하기도 했고 백 퍼센트 안전하다는 느낌도 들었다. 커브 길은 굴곡이 아주 심했다. 날도 벌써 어두워졌다. 낙엽송과 전나무 그리고 계곡이 사방에서 험한 길을 포위하고 있었다. 제롬은 창밖으로 전형적인 가을 향취를 한껏 들이마셨다. 스타니슬라스도, 모니카도 말이 없었다. 험한 커브 길 때문일 것이다. 제롬은 두 사람 쪽으로 잠깐 고개를 돌렸다.

"자는 거 아니지? 베티는 아예 코까지 고는데?"

스타니슬라스가 웃기 시작했다.

"우리는 안 자. 그럴 리가. 바깥 구경하잖아. 깜깜한 바깥 구경."

"음악 좀 틀까?"

제롬이 라디오를 켜자마자 카바예의 풍성한 목소리가 차 안을 가득 채웠다. 「토스카」 중 유명한 곡이었다. 제롬은 눈물이 차오르는 것을 느끼고 놀랐다. 무의식적으로 와이퍼를 작동시킨 뒤에야 시야를 가리는 것이 가을 날씨가 아니란 걸 깨달았다. 순간 그런 생각이 들었다. '이 날씨도 좋고, 이 장소도 좋고, 이 도로도 좋고, 이 차도 좋다. 그리고 특히 내 뒤에 앉아 있는 갈색 머리 여인이 좋다. 카바예의 목소리를 나만큼 즐기고 있는 내 여자가 좋다.'

제롬은 속내를 잘 표현하지 않고 말수도 적다. 속보다 겉으로 더 그렇다. 사람들은 그런 그를 보고 예의라곤 아랑곳하지 않는다고 핀잔을 줄 정도로 우직한 사람이라고 했다. 그런 그가 갑자기 차를 멈추고 싶은 마음이 들었다. 차에서 내려 뒷문을 열고 아내를 품에 안고 싶었다. 우스워 보일지 몰라도 사랑한다고 말하고 싶었다. 여가수의 목소리는 점점 커졌고 마치 뭔가에 홀리기라도 한 듯 오케스트라가 그 뒤를 따랐다. 제롬은 기계적으로, 그에게 어울리는 말은 아니지만 정신없이 백미러를 올려 아내를 쳐다보았다. 콘서트에서 자주 보던, 얼어붙은 듯 움직임이 없고 눈을 크게 뜬 그녀의 모습을 볼 줄 알았다. 그런데 백미러를 확 잡아당기는 바람에 그가 보게 된 것은 모니카와 손깍지를 끼고 있는 스타니슬라스의 길고 야윈 손이었다. 제롬은 서둘러 거울을 들어 올렸고, 음악은 웬 미친년이 꽥꽥 질러대는 알 수 없는 끔찍한 소리의 연속으로 변했다. 제롬은 잠시 도로도, 전나무도, 커브 길도 구분하지 못했다. 그러나 금세 그의 안에 있는 행동하는 남자, 책임감 강한 남자가 핸들을 바로 잡고 브레이크를 약간 밟았다. 그리고 뒤에 앉아 있는 남자, 그의 아내와 어둠 속에 웅크리고 있는 파란 눈의 금발 머리 사내가 내일 당장 그의 손에 죽어나가길, 역시 침착하게 바랐다. 그러나 문제의 남자는 제롬이 갑자기

차의 방향을 트는 것을 눈치 챘다. 제롬은 불알친구의 증오스러운 얼굴이 가까이 다가오는 걸 느꼈다.

"뭐야, 조는 거야?"

"아니, 「토스카」 듣는 중이야."

"「토스카」라……. 어느 부분이야?" 스타니슬라스가 쾌활하게 물었다.

"질투심에 불탄 스카르피아가 마리오를 죽일 결심을 하는 장면이지."

"죽여야지. 아님 어쩔 거야." 스타니슬라스는 웃으며 말했다.

그는 다시 뒤쪽으로 몸을 기대며 모니카와 더 가깝게 앉았다. 그 순간 제롬은 마음이 굉장히 편안해지는 것을 느꼈다. 라디오에서 시끌벅적하게 들리던 합창 소리가 잦아들자 입가에 웃음이 번졌다.

그렇다, 제롬도 어쩔 도리가 없었다.


자작나무로 지은 큰 산장에는 나무 들보, 바닥에 깐 동물 가

죽, 벽난로, 박제가 된 채 벽에 걸린 최고의 포획물들이 있었다. 정말 멋진 곳이었다. 그러나 제롬에게는 오두막이 갑자기 우스꽝스러워 보였다. 제롬은 자고 있던 베티를 깨우고 짐을 내렸다. 불을 피우고 산장지기에게 식사를 준비시켰다. 그들은 스타니슬라스의 비위를 맞추려고 낡은 전축으로 미국 노래를 들으며 저녁 식사를 했다. 식사는 즐거웠다. 이제 제롬과 모니카는 방으로 들어왔다. 모니카는 욕실에서 옷을 벗었고, 제롬은 침대 발치에 앉아 빌헬름 와인 한 병을 다 비웠다.

제롬 안에는 완벽하게 정적이고 완벽하게 고통스러우며 완벽하게 치유 불가능한 그 무언가가 있었다. '정말 그런 거야? 누구야? 언제부터? 왜? 그럼 우린 이렇게 끝나는 거야?' 제롬은 그런 질문을 할 수 없다는 걸 알았다. 사실 아내와 말을 하지 않고 지낸 지 꽤 오래되었다. 어디를 가든 아내를 데리고 다니고 좋은 음식을 먹이고 사랑도 나누었지만, 더 이상 말은 하지 않았다. 그리고 그런 질문들은 아무리 이유가 있다 하더라도 부적절하고 촌스러우며 천박하다고까지 할 무례함이었다.

제롬은 정성스럽게 와인을 마셨다. 특별한 이유도 없었고 절망해서도 아니었다. 마음을 가라앉혀야 했다, 그는 수면제나 암페타민에 의존하는 남자가 아니었다. 그는 아무것도 아닌 남자였다. '고지식한 남자.' 제롬은 씁쓸했다. 자기 자신에 대한 조롱과 경멸 같은 걸 느꼈다.

모니카가 방으로 들어왔다. 그녀의 머리카락은 여전히 칠흑 같이 검었고 볼은 여전히 탐스러웠으며 눈빛은 여전히 잔잔했다. 모니카는 제롬 옆을 지나치면서 손을 제롬의 머리 위에 얹었다. 복종과 지배를 동시에 나타내는 익숙한 동작이었다. 제롬은 피하지 않았다.

"피곤해 보여, 당신. 바로 자야 될 것 같아. 내일 아침 일찍 떠나잖아."

생각해보니 재미있었다. 모니카는 사냥을 하지 않는다. 함께 사냥에 나선 적이 없었다. 총소리가 무섭다느니 흥분한 개들이 싫다느니 핑계를 댔지만 결국은 사냥이 싫다는 소리였다. 제롬은 모니카가 왜 함께 가지 않겠다는 건지 굳이 생각해

보지 않았다. 힘든 것도, 걷는 것도 싫어하지 않았고 무서운 것도 없는 여자 아닌가.

"재밌네. 당신이 사냥을 하지 않는다는 게."

목이 갑자기 잠긴 것 같았다.

모니카는 웃었다.

"10년이나 됐는데 이제야 놀라?"

"놀라는 데도 시간이 정해져 있나."

아무 생각 없이 내뱉은 말에 제롬은 갑자기 얼굴을 붉히며 당황했다.

"그럼. 이제는 너무 늦었지. 나는 야생동물이 좋아. 더 적절해 보여."

모니카는 하품을 하며 눕다가 말했다.

"적절해 보인다니?"

그녀는 웃으며 그녀 쪽에 있는 램프를 껐다.

"어, 아무 말도 아니야. 왜 안 자고?"

제롬은 알았다며 스웨터와 신발을 벗고 몸을 훌쩍 날려 침대에 가로누웠다.

"게으름뱅이!"

모니카는 제롬 위로 몸을 일으켜 반대편 램프의 불도 껐다.

제롬은 귀를 기울였다. 침묵의 소리를 듣고 있었다. 모니카의 차분한 숨소리가 들렸다. 이제 막 잠들려 하는 듯했다.

"「토스카」에 나오는 그 곡, 카바예가 정말 잘 부르는 것 같지 않아?"

그렇게 묻는 제롬은 목소리가 어린아이처럼 불안하고 떨리는 것처럼 느껴졌다.

"응, 최고지. 왜?"

잠시 침묵이 흐르고, 갑자기 모니카가 웃기 시작했다. 조금은 낮은, 그러나 가볍고 자연스러운 예의 그 웃음으로.

"오페라만 들으면 감상적이 돼. 가을도 그렇고. 아니면 둘 다 때문인가."

제롬은 몸을 숙이고 손을 더듬어 바닥에 있는 빌헬름 병을 찾았다. 술은 차가우면서도 따뜻했고 아무런 향도 나지 않았다. 제롬은 생각했다. '몸을 돌려서 이 여자를 품에 안을 수 있을 거야. 내가 원하는 건 뭐든지 할 수 있을 거야.' 그리고 그의 안에 있는 누군가, 미숙하고 나약하고 굶주려 있는 누군가가 그녀에게 손을 뻗었다. 제롬은 모니카의 어깨를 만졌다. 모니카는 아주 자연스럽게 머리를 돌려 그의 손을 입으로 가져갔다.

"그만 자. 늦었어. 나 완전히 녹초야. 당신도 내일 녹초가 될 거고. 그만 자."

제롬은 손을 거두고 반대쪽으로 돌아누웠다. 겁에 질린 아이는 간 데 없고 마흔 살의 남자만 남았다. 빌헬름을 잔뜩 마셔 으슬으슬해진 제롬은 어둠 속에서 스타니슬라스라는 낯선 금발 머리 악한의 생명을 망원렌즈, 조준점, 방아쇠, 발사, 쇠, 소리를 통해 그의 삶에서, 특히 옆에 누워 있는 낯선 여자의 삶에서 제거할 수 있는 방법을 꼼꼼하게, 그리고 있는 힘을 다해 생각했다.

아침 10시. 날은 화창했다. 잔인하리만치 화창했다. 그들은 벌써 세 시간째 사냥감을 찾아 숲을 뒤지는 중이었다. 사냥터지기가 발견한 멋진 산양은 제롬의 쌍안경에 벌써 두 번이나 잡혔다. 그러나 제롬의 사냥감은 산양이 아니었다. 그의 사냥감은 금발 머리에 옅은 황갈색 스웨이드 정장을 입고 있었다. 그의 사냥감은 참으로 죽이기 어려운 사냥감이었다. 그리고 벌써 두 번이나 실패했다. 처음에는 스타니슬라스가 산양이 나타난 줄 착각하고 잡목림 뒤로 풀쩍 뛰어 들어가 몸을 숨긴 탓이었다. 그다음에는 베티의 금발 머리가 번들거리는 까만 총구와 사냥감 사이에 끼어들었다. 그리고 지금 제롬은 사냥감을 정면에서 마주하고 있다. 스타니슬라스 브렘은 숲 속 빈터의 한가운데에 서 있었다. 총은 두 발 사이에 내려놓고 한쪽 다리로만 중심을 잡고 서서 파란 하늘과 붉은 나무들을 바라보고 있었다. 행복에 겨워 못 배기겠다는 듯이. 제롬의 손가락이 방아쇠에 힘을 가하기 시작했다. 저 옆모습은 터져나갈 것이다. 상할 대로 상한 가는 금발 머리가 모니카의 손에 놓일 일은 이제 없을 것이다. 타락한 놈의 피부는 50개의 총알 세례를 받을 터였다. 그때 갑자기 스타니슬라스가 예상치 못한 동작으로, 예언자처럼 두 팔을 하늘로 들어 올렸다. 행복한 자세, 가증스럽게 초연한 자세로 총이 땅바닥으로 미끄러지는 것도 아랑곳하지 않고 기지개를 폈다.

따귀라도 얻어맞은 듯 제롬은 방아쇠를 당겼다. 스타니슬라스는 펄쩍 뛰며 주위를 둘러보았다. 공포라기보다는 놀라움에 가까운 몸짓이었다. 제롬은 팔을 내렸다. 손이 떨리지 않는 걸 알았지만 자랑스럽지는 않았다. 오히려 조준기를 조절할 생각을 못 했다는 데 분노를 느꼈다. 새를 쏠 수 있는 거리인 50미터로 맞춰놓고는 200미터 앞에 있는 목표물을 겨냥했던 것이다. 제롬은 조준기를 조절하고 다시 총을 들었다. 사냥터지기의 목소리는 놀라게 만들었다기보다는 방해가 되었다.

"뭔가 보였습니까, 베르티에 씨?"

"자고새 한 마리를 본 것 같소만." 제롬은 몸을 돌리며 대답했다.

"총을 쏘면 안 됩니다. 산양을 잡고 싶다면 소리를 내서는 안 되지요. 산양이 어디로 가고 있는지, 어떻게 함정을 놓을지

제가 잘 알고 있으니 놈을 겁먹게 해서는 안 됩니다."

"죄송합니다. 앞으로는 무턱대고 쏘지 않겠습니다." 제롬은 아무 생각 없이 말했다.

제롬은 총을 내리고 늙은 사냥터지기 뒤를 따랐다.

희한하게도 이 상황이 재미있기도 하고 화가 나기도 했다. 날이 저물기 전에 스타니슬라스를 죽일 것임을 분명 알면서도 살인을 여러 번에 걸쳐 시도할 수밖에 없다는 게 재미있었다.

두 시간 뒤, 제롬은 길을 잃었다. 아니, 일행 모두가 길을 잃었다. 산양은 무척 영리했고 사냥터는 넓었으며 몰이꾼의 수는 턱없이 부족했다. 공식 사냥감이 아닌 다른 사냥감을 쫓던 제롬은 어이없게도, 혼자 산양과 마주하게 되었다. 물론 거리는 아주 멀었다. 산양은 태양을 뒤로한 채 홀로 바위 위에 서서 미동도 하지 않았다. 제롬은 본능적으로 쌍안경을 꺼내 들었다. 몸이 떨려왔다. 지치고 숨이 가빴다. 나이는 어쩔 수 없나 보다. 불혹의 나이에 그는 그에 대한 사랑이 식은 여자를 사랑하고 있다. 그런 생각에 잠긴 제롬은 잠시 눈앞이 캄캄했다. 하지만 쌍안경을 제대로 잡고 산양을 바라보았다. 산양은 손에 닿을 듯 아주 가까이 보였다. 베이지색의 어린 산양은 뭔가 근심이 쌓여 보였지만 도도한 눈매를 가지고 있었다. 산양은 적들이 쳐들어오는 골짜기 쪽과 산 쪽을 번갈아 쳐다보았다. 사형 집행을 즐기는 듯했다. 산양에게는 겁이 많고 나약하지만 감히 건드릴 수 없는 모습이 엿보였다. 순진무구함, 민첩함 그리고 도주의 매력을 증명하려는 것 같았다. 산양의 모습은 아름다웠다. 지금까지 제롬이 사냥했던 그 어떤 동물보다 아름다웠다.

'그놈은(이제는 이름도 기억 못 할 지경에 이르렀다) 조금 더 뒤에, 더 나중에 죽일 거야. 하지만 네놈은 쓰러뜨려야겠어.'

제롬은 가파른 경사 길을 기어오르며 산양에게 다가가기 시작했다.

사냥 일행은 아래쪽에서 헤매고 있었다. 개 짖는 소리가 이쪽저쪽에서 들려왔고 휘파람 소리는 점점 더 멀어졌다. 제롬은 상종 못 할 귀찮은 사람들을 뒤로하고 집에 들어서는 기분이었다.

  태양이 내리쬐었지만 날은 으슬으슬했다. 쌍안경을 다시 집어 들고 보니 산양은 여전히 그 자리에 있었다. 산양이 그를 쳐다보는 것 같았다. 그러더니 총총걸음으로 울창한 숲으로 들어가버렸다. 제롬이 숲 언저리에 도착한 건 30분이나 지난 뒤였다. 좁은 길로 들어서자 그곳에서 그를 기다리고 있는 산양이 보였다. 사냥터에 오로지 그와 산양만 남은 듯했다. 제롬의 심장은 요동치기 시작했다. 구역질이 날 정도였다. 그는 땅바닥에 주저앉았다가 다시 움직였다. 그리고 다시 멈춰 서서 사냥 가방에 담아 온 빵과 햄을 먹었다. 산양은 그를 기다렸다. 적어도 제롬은 그렇게 믿었다. 오후 4시가 되었을 때, 제롬은 사냥터 경계를 넘어섰고 그의 힘도 한계를 넘어섰다. 손에 잡히지 않았지만 온순한 산양은 여전히 앞에 있었다. 쌍안경 렌즈를 통해 바라본 산양은 여전히 아름다웠다. 다가오게 할 수도 없고 다가갈 수도 없지만 늘 그 자리에 있었다.

  여덟 시간째 사냥을 하는 건지, 산양을 따라가는 건지 모를 정도로 피곤한 제롬은 결국 큰 소리로 말하기 시작했다. 그는 산양을 '모니카'라고 불렀다. 걷다가, 발도 헛디디다가, 차마 입에 담지 못할 욕도 했다.

"이런 망할! 모니카, 너무 빨리 가지 마!"

한번은 늪이 나타나는 바람에 멈칫하기도 했다. 하지만 이내 총을 머리 위로 들어 올리고 아무렇지도 않게 늪으로 들어갔다. 물이 허리까지 차올랐다. 그 시점에서 사냥꾼에게 그런 행동이 얼마나 위험하고 어리석은지 잘 알면서 말이다. 미끄러진다고 느꼈을 때 가장 처음 한 일은 버티지 않는 것이었다. 제롬은 뒤로 나자빠졌다. 목과 입, 눈으로 물이 쏟아졌다. 질식할 것만 같았다. 그러나 감미로운 쾌감이 그를 엄습해왔다. 그의 성격과는 거리가 먼, 포기할 때의 쾌감이었다. '이렇게 자살하는 거야.' 그렇게 생각하는 찰나, 그의 안에 있던 침착한 남자가 다시 나타났다. 그 침착한 남자는 몸의 균형을 잡게 하고, 젖은 채로 늪에서 빠져나오게 했다. 저주받은 늪에서 나온 제롬은 얼이 빠진 채 추위에 몸을 떨었다. 그 순간 제롬에게는 뭔가 생각나는 게 있었다. 하지만 그게 뭐였더라? 그는 큰 소리로 말하기 시작했다.

"카바예를 들을 때 꼭 물에 빠져 죽는 줄 알았어. 익사하는 느낌이었어. 그때, 생각나? 내가 당신을 사랑한다고 처음 고백했던 때 같았다고. 그날 우리는 당신 집에 있었지. 당신이 내 쪽으로 다가왔어. 기억나지? 우리가 처음 사랑을 나눴잖아. 당신하고 자는 게 두려우면서도 또 어찌나 하고 싶던지, 꼭 자살하는 것 같았어."

제롬은 젖어서 쓸모없어진 탄약이 든 사냥 가방을 뒤져 술병을 찾아 벌컥벌컥 들이켰다. 한참 동안. 그러고는 다시 쌍안경을 쥐었다. 산양은 여전히 조금 멀찍감치 서 있었다. 모니카, 그를 기다리는 사랑(이름이 뭐였는지 더 이상 기억나지 않는다). 총신(銃身)에는 다행히 젖지 않은 총알 두 개가 남아 있었다.

오후 5시경, 해가 저물기 시작했다. 바비에르의 가을 해 같기도 했다. 제롬은 이가 부딪칠 정도로 덜덜 떨며 마지막 협곡으로 들어섰다. 그리고 결국 지쳐 쓰러져 지는 태양 아래 몸을 뉘었다. 모니카가 다가와 앉았고 제롬은 다시 말을 계속했다.

"기억나? 한번은 우리가 다퉜잖아. 당신이 나를 떠나려 했지. 결혼식 열흘 전이었을 거야. 당신 부모님 집에서 내가 잔디밭에 드러누워버렸지. 아주 흐린 날이었어. 난 슬펐지. 눈을 감았어. 아주 자세히 기억나. 갑자기 따뜻한 햇살이 눈꺼풀을 간질이던 느낌. 운이 좋았던 거지. 그때까지 구름이 잔뜩 끼어 있었거든. 햇빛 때문에 눈을 다시 떠보니 당신이 내 옆에 와 무릎을 꿇고 앉아 있었어. 당신은 나를 바라보고 웃었지."

그녀도 대답했다.

"맞아, 나도 생생히 기억나. 당신이 원망스러워서 얼마나 화가 나 있었다고. 당신을 여기저기 찾아다녔어. 그런데 잔디밭에 누워 토라져 있는 당신을 보니까 웃음이 나지 뭐야. 당신한테 뽀뽀해주고 싶었어."

그렇게 말하고 나더니 그녀는 사라져버렸다. 제롬은 눈을 비비며 자리에서 일어났다. 협곡은 엄청나게 가파른 커다란 바위로 가로막혀 있었다. 절벽처럼 솟은 바위 앞에 산양은 꿈쩍도 않고 서 있었다. 드디어 사냥감을 손안에 넣은 것이다. 누구에게서 훔친 것이 아니었다. 사냥감 하나 잡으러 열 시간 가까이 뛰어다닌 건 난생처음이었다. 제롬은 협곡 입구에서 걸음을 멈추었다. 헉헉대던 그는 총을 겨누었다. 오른손을 약간 들어 올리고 기다렸다. 산양은 20미터 앞에서 그를 바라보았다. 땀에 약간 젖어 있었지만 산양의 자태는 여전히 아름다웠다. 햇빛 속에서 어떻게 구별했는지 모르겠지만 파랗고 노란 눈동자, 그 비단 같은 눈동자는 그를 뚫어지게 바라보았다.

제롬은 총을 어깨에 멨다. 그 순간, 산양은 어리석고도 어처구니없는 짓을 저질렀다. 몸을 돌리더니 절벽을 타고 기어오르려는 것이었다. 벌써 열 번도 넘게 시도했을 것이다. 그리고 열 번 모두 그 아름다운 자태에도 불구하고 우스꽝스럽게 미끄러져 넘어졌다. 꼼짝도 할 수 없는 상태에서 산양은 제롬의 총 앞에 몸을 떨고 있었다. 그러나 여전히 냉철함을 뽐냈다.

제롬은 산양을 죽이지 않기로 했다. 왜, 언제, 어떻게 그런 생각이 들었는지 모르겠다. 어쩌면 필사적으로, 그리고 서툰 솜씨로 쫓아왔기 때문일지도 모르고, 어쩌면 단순한 아름다움 혹은 거만함, 혹은 비스듬히 기울어진 눈 속에 비친 평화로운 동물성 때문일지도 모르겠다. 사실 제롬은 이유를 알려고 들지 않았다.

그는 뒤로 돌아서서 알지 못하는 길로 다시 들어섰다. 그리고 사냥터 만남의 장소로 향했다. 그곳에 도착하자 일행 모두가 걱정에 휩싸여 있었다. 그를 사방으로 찾아다녔던 것이다. 제롬의 예감으로는 모든 걸 알고 있는 것 같던 젊은 사냥터지기도 마찬가지였다. 그럼에도 불구하고 산양은 어디에 있는지, 어디에 두고 왔는지 묻자 뭐라고 대답해야 할지 몰랐다. 제롬은 앞도 제대로 보이지 않는 상태에서 다리도 접질리고 지칠 대로 지쳐 산장 입구에 도착해 쓰러졌다.

스타니슬라스는 제롬에게 코냑을 마시게 했고, 침대 위에 앉아 있던 아내는 가까이에서 손을 잡아주었다. 아내의 얼굴은 창백했다. 제롬은 왜 그리 창백하냐고 물었고, 아내는 걱정이 돼서 그렇다고 대답했다. 놀랍게도 제롬은 아내의 말을 듣자마자 믿어버렸다.

"내가 죽었을까 봐, 암벽 위에서 떨어졌을까 봐 걱정했어?"

아내는 아무 말 없이 고개만 끄덕였다. 그리고 갑자기 제롬 곁으로 몸을 숙이더니 그의 어깨에 머리를 기댔다. 아내는 처음으로 사람들 앞에서 남편에게 애정을 표현했다. 코냑 한 잔을 더 가져오던 스타니슬라스는 뭐에라도 얻어맞은 듯 그들을 바라보았다. 녹초가 된 남자의 어깨 위에 놓인 여자의 검은 머릿결과 그 여인의 아주 여린 흐느낌, 안도의 흐느낌을 본 것이다. 스타니슬라스는 갑자기 술잔을 벽난로에 던져버렸다.

"그래, 산양은 어떻게 된 거지? 건장한 사내가 산양 한 마리도 이고 오지 못한 거야?" 스타니슬라스의 목소리는 격앙되어 있었다.

활활 타오르는 불길 앞에서, 놀란 표정의 베티 앞에서 제롬은 자기도 모르게 대답했다.

"그게 아니야. 쏘질 못했어."

모니카는 잠깐 고개를 들었다. 두 사람은 서로 마주 보았다. 모니카는 손을 천천히 들어 올려 손가락으로 제롬의 얼굴선을 따라 그렸다.

"당신 그거 알아? 당신이 산양을 쐈다고 해도……." (그 순간 세상에는 두 사람뿐이었다.)

다른 사람들은 모두 방을 나갔고 제롬은 모니카를 껴안았다. 벽난로의 불이 격정적으로 타올랐다.

## 지골로

　남자는 여자 옆에 서서 물웅덩이와 낙엽이 어지러이 널린 오솔길을 걸었다. 물웅덩이를 피해 가도록 여자의 손을 가끔 잡아주었고 그럴 때마다 웃어 보였다. 속물 같은 웃음이었다. 여자는 어떤 젊은 남자에게라도 뫼동 숲 산책은 고역일 거라고 생각했다. 특히 자기 나이 또래의 여자와 함께 하는 산책이라면 말이다. 나이가 많은 여자라서가 아니라, 진정한 기쁨은 느끼지 못하고 그저 극장이나 시끄러운 술집이 싫어서 숲을 걷는 무기력한 여자와 걷기 때문이다.

물론 남자에게는 속도 빠른 고급 자동차로 숲까지 온 과정이 있었다. 남자는 차를 운전하면서 어린애처럼 좋아했다. 하지만 그것이 가을로 황폐해진 오솔길을 한마디 말도 없이 걷는 지루함을 보상해줄 수 있을까? '지겹겠지, 죽을 만큼.' 여자는 그 생각에 묘한 희열을 느꼈다. 돌아가는 길과 정반대되는 길로 들어선 여자는 두려움과 설렘이 반반씩 섞였다.

갑자기 이 지루함에 저항해서 화를 내고, 마음에 상처를 내고, 자기가 남자보다 스무 살이나 많은 사실을 정당화할 끔찍한 말들을 쏟아 붓게 되리라는 설렘이었다.

그러나 남자는 웃음을 잃지 않았다. 신경질을 낸다든가, 불쾌하게 구는 걸 한 번도 본 적이 없다. 자신을 원하도록 만들 줄 아는 부류의 젊은 남자들이 짓는 작은 친절한 미소에는 빈정거림도 찾아볼 수 없었다. 그 작은 미소의 메시지는 분명했다. '당신을 즐겁게 해줄 수 있다면야……. 하지만 나는 완전한 자유의 몸이라는 걸 잊지 마십시오. 날 귀찮게 할 생각은 말아요.' 그 잔인한 젊음의 미소는 여자를 목석처럼 만들었다. 엄격하고 잔인해진 그녀는 수없이 많은 남자와 만났다가 헤어졌다. 집에 데려갔던 첫 번째 남자인 미셸도 그랬고 다른 남자들도 마찬가지였다.

남자는 "조심해요!" 하더니 여자의 팔을 붙잡아 가시덤불에 팔이, 혹은 원피스가 찢어지지 않도록 했다. 재단이 아주 잘되어 퍽 아름다운 원피스였다. 이 남자가 잔인한 미소를 짓는 날, 그녀는 지금까지 그래왔던 방식으로 남자를 보내버릴 수 있을까? 용기가 나질 않았다. 남자가 다른 사내들보다 더 나아서가 아니었다. 여자는 남자를 머리끝부터 발끝까지 돌보았다. 멋진 옷을 입히고, 보석들을 선물했다. 남자도 거절하지 않았다. 다른 사내들과는 달리 남자는 어리석고 속물스럽게 머리를 쓰지 않았다. 다른 사내들은 뭔가 원하는 게 있거나 돈을 받고 몸을 파는 계약에서 손해를 봤다고 생각하면 좀처럼 기분을 풀지 않았다. 사실은 손해를 봤다고 생각하는 쪽이 많았다. 그들은 딱히 갖고 싶지도 않으면서 호화롭고 값비싼

것은 닥치는 대로 사들였다. 그렇게 해서 자존감을 되찾으려는 것이었다. 자존감이라는 말이 여자로 하여금 속으로 웃게 만들었다. 하지만 그것이 유일했다.

  니콜라(이 우스꽝스러운 이름은 또 어떻고!)의 매력은 그런 선물을 바란다는 것일지도 몰랐다. 게다가 그는 선물을 사달라고 조르지도 않았다. 선물을 받을 때 그가 보이는 반응은 아주 진실해 보여서 여자는 모르는 척하며 신선한 육체를 사들인 늙은 여자가 아니라 아이에게 선물을 주는 정상적인 여자가 된 듯한 착각을 느낄 정도였다. 여자는 그런 감정을 재빨리 휘휘 내저었다. 천만다행인 것이, 그녀는 인물만 번지르르한 탐욕스러운 젊은 사내들에게 어머니처럼 모성애를 발휘하는 스타일은 아니었다. 그녀는 현실을 못 본 척 피하려 하지도 않았다. 그녀가 비관적이고 냉철한 사람이라는 것을 사내들은 잘 알고 있었고, 그것 때문에 최소한의 존경심마저 갖게 되었다. '너는 나에게 몸을 주고, 나는 너에게 돈을 주지.' 여자를 뿌리칠 수 없다는 데 화가 난 몇몇 사내는 그녀를 애매모호한 감정

상태로 끌어들이려 했다. 돈이라도 몇 푼 더 뜯어낼 속셈이었을 것이다. 그러면 여자는 그들을 다른 여자들에게 보내버렸다. 그리고 그들의 역할이 얼마나 중요한지 알려주는 걸 잊지 않았다. '나는 너를 경멸해. 널 참아주는 나를 경멸하듯이. 널 내 옆에 두는 건 오늘 밤 두 시간이 다야.' 여자는 눈썹 하나 까딱하지 않고 사내들을 일부러 애완견 취급했다.

  니콜라는 좀 까다로웠다. 그는 지골로라는 직업에 전혀 애착이 없었다. 버릇이 없지도 않았고 지나치게 감상적이지도 않았다. 상냥하고 친절하며, 아주 능숙하지 않을지는 몰라도 열심인 데다가 다정다감하다고 할 정도로 좋은 애인 노릇을 해준다. 낮에는 그녀의 집 양탄자 위에 드러누워서 손에 잡히는 대로 뭔가를 읽으며 시간을 보낸다. 자나 깨나 밖으로 나가자고 보채지도 않고, 외출하는 일이 있어도 사람들이 두 사람에게 던지는 의미심장한 눈빛을 알아채지도 못하는 것 같다. 마치 젊은 여자를 좋아서 데리고 나온 사람처럼 웃으면서 여자에게 마음을 써주었다. 한마디로 말하면, 여자가 거만하고 거칠게 남자를 대하는 것만 빼면 그들의 관계는 여느 커플과 다를 바가 없었다.

"춥지 않아요?" 남자는 걱정하는 눈빛으로 여자를 쳐다보았다. 마치 여자의 건강이 이 세상 그 무엇보다 중요한 것처럼 굴었다. 여자는 자기 역할에 충실한 남자가 원망스러웠다. 10년 전에 그녀가 원했을 법한 기준에 지나치게 가까운 그가 원망스러웠다. 10년 전이라면 여자에게는 아직 남편이 있을 때다. 돈 많고 못생겼던 남편의 관심사는 오로지 사업뿐이었다.

이제 사라져버린 아름다움을 왜 그때는 바보같이 바람피우는 데 이용하지 못했을까? 그 시절, 여자는 늘 잠만 잤다. 그녀를 깨어 있게 한 건 남편의 죽음과 미셸과의 첫날밤뿐이었다. 그리고 그날 밤, 모든 것이 시작되었다.

"춥지 않느냐고 물었잖아요."

"아니. 이제 돌아갈 건데, 뭘."

"겉옷 벗어 드려요?"

이 남자의 멋진 재킷······. 여자는 볼품없는 물건을 쳐다보듯 무관심한 눈빛을 보냈다. 재킷은 회색과 짙은 붉은색이었다. 니콜라의 부드럽고 무성한 밤색 머리가 가을 색깔과 잘 어울렸다.

"가을을 숱하게 보냈지. 네 재킷, 이 숲…… 내 가을……."

여자는 혼잣말로 중얼거렸다.

남자는 반응이 없었다. 여자는 말을 해놓고도 놀랐다. 나이와 관련된 말은 한 번도 한 적이 없었기 때문이다. 남자도 그것을 잘 알고 있었지만 그리 개의치 않았다. 여자는 늪에 빠져버릴 걸 싶었다. 잠시 디올 원피스를 입고 물 위에 둥둥 떠 있는 자기 모습을 그려보았다. 어리석은 생각일 뿐이다. 젊은이들에게나 좋을 법한……. "내 나이가 되면 사람들은 죽음을 생각하지 않아. 오히려 죽지 않으려고 발버둥치지." 사람들은 돈과 밤이 주는 행복에 매달린다. 그리고 이용한다. 아무도 없는 길 위에서 함께 걷는 이 젊은 총각을 이용한다.

여자는 잠긴 목소리로 명령하듯 말했다.

"니콜라, 키스해줘."

두 사람 사이에는 물웅덩이가 있었다. 남자는 잠시 여자를 쳐다보더니 물웅덩이를 건넜다. 여자에게는 생각이 스쳐 지나갔다. '날 증오할 거야.' 남자는 여자를 껴안고 천천히 여자의 얼굴을 들어 올렸다.

남자가 키스하는 동안 여자는 생각했다. '내 나이, 지금 이 순간 내 나이는 잊어버려. 불장난을 피하기엔 너는 아직 어려, 니콜라.'

"니콜라!"

남자는 머리가 산발이 된 채 약간 숨을 헐떡이며 여자를 바라보았다.

"아프잖아." 여자는 피식 웃어 보이며 말했다.

두 사람은 아무 말 없이 다시 걷기 시작했다. 여자는 빨라진 심장박동에 놀랐다. 조금 전 키스 ― 도대체 니콜라는 무슨 생각이었을까? ― 는 작별을 고하는 마지막 인사 같았다. 그녀를 향한 그의 사랑이 느껴지는, 간절하면서도 슬픈 키스였다. 남자는 바람처럼 자유로웠다. 모든 여자들과 모든 사치를 즐길 수 있는 남자였다. 그런 그가 무슨 생각으로 그랬던 것일까? 게다가 얼굴도 갑자기 새하얗게 질리고……. 그는 위험한 사람이다. 엄청나게 위험하다. 같이 산 지 6개월이 넘어서는데, 이대로 가다간 위험해질 수밖에 없다. 더구나 여자는 싫증이 났다. 파리와 소음에 지쳤다. 그녀는 내일 남부로 떠난다. 혼자.

두 사람은 차에 도착했다. 여자는 남자에게 돌아서서 기계적이면서도 관대한 동작으로 남자의 팔을 잡았다. '어찌 됐든 이 아이는 밥줄을 놓치는 거잖아. 잠깐 동안이겠지만 기분 좋을 리는 없지.'

"니콜라, 나 내일 남부로 떠나. 여긴 지겨워."

"나도 데려갈 거죠?"

"아니, 니콜라. 너는 데려가지 않아."

여자는 그렇잖아도 남자를 쳐다보고 있었다. 니콜라에게 바다를 보여주면 재미있을 텐데. 물론 벌써 가봤겠지만 언제나 모든 걸 처음 접하는 사람처럼 구니까.

"이…… 이젠 내가 지겨워졌어요?"

남자는 시선을 바닥으로 떨군 채 차분하게 말했다. 목소리에 일어난 알 듯 말 듯한 변화가 뭉클했다. 여자는 남자를 기다리는 삶을 생각해보았다. 유치한 싸움, 타협, 싫증, 그 모든 것이 그가 숨 막히게 아름답고 턱없이 연약하기 때문이다. 일정한 재산을 가진 일정한 부류의 여자들에게, 그녀와 같은 여자들에게, 그는 완벽한 먹잇감이다.

"니콜라, 네가 지겨워져서 그런 게 아니야. 넌 아주 친절하고 매력적이지만 이렇게 영원히 지속될 수는 없잖아? 우리가 알고 지낸 게 벌써 6개월째야."

"네. 에시니 부인 댁 칵테일파티가 처음이었죠." 남자는 멍하니 말했다.

여자는 갑자기 시끌벅적했던 칵테일파티가 생각났다. 니콜라에 대한 첫인상과 늙어빠진 에시니 부인이 어린애같이 웃으며 착 달라붙어 말할 때의 그 불쌍해 보이던 옆모습도 기억났다. 니콜라는 음식 진열대 때문에 오도 가도 못 하고 있었다. 처음에는 그 광경이 웃겼다. 그런 다음 여자는 관심을 가지고, 그리고 그에 대해 커져가는 생각을 스스로 조롱하며 니콜라를 지켜보았다.

칵테일파티는 사실상 박람회, 전시회나 다름없었다. 중년 여성들이 젊은 총각들의 윗입술을 들어 올려 송곳니가 제대로 났는지 확인할 것만 같았다. 여자는 결국 여주인에게 인사를 하러 갔다. 거울 앞을 지나치는 순간 자기 모습이 무척 아름답게 느껴졌다. 예상치 못한 반전에 니콜라가 어찌나 안도하던지, 여자는 웃음을 참을 수 없었다. 그러나 그녀의 웃음은 에시니 부인의 경계심을 부추겼다.

부인은 마지못해 니콜라를 소개했다. 그리고 사람들과 유행에 대한 일상적인 대화가 오갔다. 니콜라는 뭘 잘 모르는 것 같았다. 한 시간 뒤, 여자는 니콜라가 정말 마음에 들었고 여느 때와 마찬가지로 재빨리 그 말을 하기로 마음먹었다. 두 사람은 창가 의자에 앉아 있었다. 니콜라는 담배를 피워 물었고, 여자는 떨릴 듯 말 듯한 목소리로 그의 이름을 불렀다.

"니콜라, 네가 마음에 들어."

남자는 움직이지 않았다. 다만 입에 물고 있던 담배를 꺼내고 아무 말 없이 여자를 응시했다.

"나는 리츠에 묵고 있어." 여자는 차갑게 말을 이어갔다.

리츠에 묵고 있다는 사실이 중요하다는 걸 여자는 모르지 않았다. 야망 있는 지골로라면 리츠를 꿈꿨다. 니콜라는 아니라는 제스처를 잠깐 했지만 이해를 못 했는지 아무 말도 하지 않았다. 여자는 '할 수 없지' 생각하며 자리에서 일어났다.

"난 그럼 가볼게. 조만간 또 보길."

니콜라도 따라 일어났다. 얼굴이 조금 창백했다.

"바래다드릴까요?"

차 안에서 남자는 여자의 어깨에 팔을 둘렀다. 그리고 여자에게 수많은 질문을 던졌다. 그는 자동 증속 장치로 어떻게 자동차 속도를 바꾸는지와 뛰어난 모터 얘기에 흥분했다. 방에 들어서자 여자가 먼저 키스를 했다. 그녀의 몸을 둘러싸 안는 그의 팔에서는 작은 떨림과 함께 거침과 부드러움이

동시에 느껴졌다. 새벽녘에 남자는 아이처럼 곤히 자고 있었고, 여자는 창가로 가서 방돔 광장 위로 솟아오르는 일출을 바라보았다.

그 뒤로는 양탄자 위에서 혼자 카드놀이를 하는 니콜라, 쇼핑하는 그녀 곁을 따라다니는 니콜라, 선물 받은 황금 담뱃갑 앞에서 초롱초롱 눈빛을 반짝이던 니콜라, 그리고 어느 날 저녁 갑자기 그녀의 손등에 도둑 키스를 하던 니콜라가 있었다. 그리고 이제 그녀가 떠나려 하는 니콜라가 있다. 아무 말도 하지 않는, 극도의 무사태평함을 버리지 못하는 니콜라…….

차에 올라탄 여자는 머리를 뒤로 젖혔다. 갑자기 피곤했다. 니콜라가 옆자리에 올라타자 차가 출발했다.

돌아가는 길에 여자는 잠깐씩 생각에 잠긴 니콜라의 옆모습을 훔쳐보았다. 스무 살이었다면 이 남자를 미친 듯이 사랑했을 거라는, 지금까지의 삶이 어쩌면 돌이킬 수 없는 낭비였을지도 모른다는 생각을 떨칠 수가 없었다. 포르트 디탈리를 지나칠 즈음 니콜라가 여자를 돌아보았다.

"지금 우리 어디로 가는 거죠?"

"조니스에 들러야 해. 7시에 에시니 부인과 만나기로 했어."

에시니 부인은 늘 그렇듯 약속 시간을 넘기지 않았다. 몇 안 되는 장점 중 하나다. 니콜라는 약간 당황하며 부인과 악수를 했다.

여자는 두 사람을 쳐다보았다. 갑자기 재미있는 생각이 떠올랐다.

"그러고 보니, 내일 제가 남부로 떠난답니다. 16일에 주최하시는 칵테일파티에는 죄송하게도 갈 수 없겠어요."

에시니 부인은 크게 감동한 눈으로 그녀와 니콜라를 바라보았다.

"두 사람, 정말 잘됐어요. 태양 아래에서……."

"저는 안 갑니다." 니콜라가 딱 잘라 말했다.

침묵이 흘렀다. 두 여자의 시선이 니콜라에게 향했다. 에시니 부인의 눈빛이 더 강렬했다.

"그럼 내 칵테일파티에 와야겠군. 파리에서 혼자 지내면 되겠어. 그럼 너무 슬프지."

"좋은 생각이네요." 여자도 거들었다.

에시니 부인은 손을 내밀어 벌써 자기 것이 되었다는 양 니콜라의 소매에 올려놓았다. 니콜라의 반응은 의외였다. 갑자기 일어나더니 자리를 박차고 나가버린 것이다. 여자가 나와 보니 니콜라는 차에서 기다리고 있었다.

"니콜라, 무슨 일이야? 에시니 부인이 좀 서두르긴 했지만 벌써 오래전에 널 마음에 들어 했잖아. 뭐, 큰일 난 것도 아니고."

니콜라는 차 옆에 그대로 서 있었다. 아무 말도 없었고 숨 쉬기도 힘들어 보였다. 여자는 동정의 표시를 보였다.

"그만 타. 집에 가서 다 설명해봐."

하지만 남자는 집에 도착할 때까지 기다리지 않았다. 그는 간간이 끊어지는 목소리로, 자기는 가축이 아니고, 혼자서도 잘 살 수 있으며, 에시니 같은 독수리에게 잡혀가도록 여자가 자기를 들판 위에 버리고 가는 걸 참을 수 없다고 말했다. 에시니는 정말 구제 불능이라고, 그 여자는 너무 늙었다고도 말했다.

"무슨 소리야, 니콜라. 내 나이랑 같은데."

두 사람은 집 앞에 도착했다. 니콜라는 여자를 돌아보고 갑자기 양손으로 여자의 얼굴을 감싸 쥐었다. 그리고 아주 가까이 얼굴을 들이대고 그녀를 바라보았다. 여자는 돌아다니느라 화장이 다 지워졌을 걸 알고 빠져나가려 했지만 소용없었다.

니콜라는 낮은 소리로 말했다. "당신은…… 달라요. 당신은…… 난 당신이 좋아요. 당신의 얼굴을 사랑해요. 어떻게……."

니콜라의 억양에는 절망이 가득했다. 그는 여자를 풀어주었다. 여자는 뭐에라도 얻어맞은 듯했다.

"어떻게, 뭐?"

"어떻게 나를 그 여자한테 넘길 수가 있어요? 당신과 6개월이나 함께 보냈잖아요. 당신을 좋아할 수도 있다고 생각해본 적은 없어요?"

여자는 황급히 몸을 돌렸다.

"장난치지 마. 난 장난할 여유가 없어. 난 그렇게 못 해. 어서 가버려!"

계단을 오르던 여자는 거울에 비친 자신의 모습을 보았다. 그녀는 돌이킬 수 없을 만큼 늙어버렸다. 나이는 오십이 넘었다. 눈에 눈물이 가득 고였다. 여자는 서둘러 짐을 싸고 큰 침대에서 홀로 잠을 청했다. 이것 참 짜증난다고 생각하며 잠이 들기 전까지 오랫동안 흐느껴 울었다.

## 누워 있는 남자

　그는 이불 속에서 한 번 돌아누웠다. 위험한 모래처럼 몸을 감싸는 이불에서 그는 그의 체취를 감지하고 치를 떨었다. 과거에는 아침마다 여자들의 몸에서 맡던 체취였건만. 하얗게 밤을 지새우고 맞이하던 파리의 아름다운 아침, 낯선 육체 옆에서 쓰러져 잤던 몇 시간, 반쯤 지쳤으면서도 가볍게 깨어나 떠날 마음이 급한 아침. 바쁜, 그는 바쁜 남자였다. 그러나 지금, 이 봄날 오후에 그는 자리에 누워 한없이 죽어가고 있었다.

죽음은 이상한 단어였다. 남자에게 죽음은 더 이상 갑자기 성큼 다가온, 받아들일 수 없는 현실이 아니었다. 그것은 일종의 사고 같은 것이었다. 스키를 타다가 다리가 부러진 꼴이랄까. '왜 하필이면 나야? 왜 하필이면 오늘이야?'

"난 나을 수 있을 거야." 남자는 소리 내어 말해본다.

창가에 해를 등지고 앉은 그림자가 움찔했다. 남자는 잊어버리고 있었다. 사실 늘 잊어버리고 지냈다. 장과의 관계를 알고 나서 놀랐던 기억이 났다. 누군가에게 그녀는 아직 살아 있는 존재였다. 그녀는 아름다웠다. 그녀는 아름다운 육체를 가지고 있었다. 남자가 가볍게 웃자 소중한 심장박동이 빨라지기 시작했다.

그는 죽어가고 있었다. 그건 알고 있었다, 죽어가고 있다는 건. 무언가가 그의 몸을 갈기갈기 찢고 있었다. 그녀는 그에게 몸을 숙여 어깨를 잡아 일으켰다. 그는 우스꽝스럽게 말라버린 견갑골이 아내의 부드러운 손안에서 움찔하는 것을 느꼈다. 우스꽝스러움. 그가 죽는 이유였다. 아름답게 죽을 수 있는 병이 있을까? 아마 없을 것이다. 남자들의 유일한 아름다움은 다가올 삶으로의 도약에 있을 것이다. 그러나 그는 벌써 잠잠해졌다. 그녀는 남자에게 베개를 다시 베어주었다. 몸을 숙이는 그녀의 얼굴이 햇빛에 비치자 남자는 그녀를 바라보았다. 그녀는 어쨌든 아름다운 미모를 가졌다. 그것 때문에 남자는 20년 전에 그녀와 결혼했다. 하지만 그 표정은 짜증이 났다. 다른 데 신경을 쓰는 듯 산만한 얼굴이었다. 장 생각을 하는 모양이다.

"어쩌면 나을지도 모르겠다고."

"그럼."

재미있다. 그녀는 남자를 더 이상 사랑하지 않는다. 그를 잃게 되리라는 걸 여자는 아주 잘 알고 있었다. 하지만 '그녀'가 그를 잃어버린 건 아주 오래전 일이다. '사람은 한 번 잃으면 끝이다.' 어디서 읽었더라? 정말일까? 어쨌든 그녀는 남자가 퇴근해서 들어오거나 신문을 읽고 말하는 모습을 더 이상 보지 못할 것이다. 그렇다, 그녀는 그를 더 이상 사랑하지 않는

다. 만약 그를 사랑했다면 다르게 말했을 것이다. '아니야, 내 사랑. 당신은 죽을 거야.' 그의 손을 잡고 불치병이 단숨에 배우게 만든 기술을 발휘해 탱탱하고 윤기 나는 얼굴을 한 채 말이다. 사랑하는 사람, 죽어가는 사람을 앞에 두고…….

"움직이지 좀 마." 그녀가 말했다.

"움직이지 않았어. 조금 움찔했을 뿐이야. 움직이는 거하고는 바이바이 한 지 오래야."

남자는 익살스럽게 말했다. 그는 생각했다. '하지만 결국 난 죽게 되겠지. 그렇다면 아내에게 마지막으로 말해야 할까? 하지만 무엇에 대해 말하지? 우리에 대해서? 우리 사이엔 아무것도 남지 않았어. 거의 없거나.' 그러나 말로 무언가에 영향을 미칠 수 있다는 생각만으로도 예전처럼 다시 조바심이 살아났다.

"내가 당신을 잡아두고 있군. 미안해."

남자는 천천히 아내의 손을 잡았다. 마지막으로 아내가 아닌 다른 여자의 손을 잡았던 때는 2년 전 불로뉴 숲에서였다.

그는 어리고 바보 같은 여자애와 벤치에 앉아 있었다. 그때도 지금처럼 편안하게 움직였다. 여자애를 겁주지 않으려고 말이다. 사실 그럴 필요도 없었다. 한 시간 뒤에는 그의 집에 와 있었으니까. 하지만 그는 여자애의 붉은 손가락까지 그의 손이 걸었던 긴 여정을 기억했다. 그 순간들을……

"당신 손, 참 예뻐."

여자는 대답하지 않았다. 여자의 모습은 보일락 말락 했다. 창 덧문을 열어달라고 하고 싶었지만 어쩌면 어둠이 이 마지막 코미디에 더 잘 어울릴지 모른다는 생각이 들었다. 코미디라. 왜 갑자기 그 말이 떠오른 것일까? 코미디라고 할 만한 것은 아무것도 없는데. 그런데도 남자는 코미디를 만들려고 했다.

그는 서글프게 말했다. "목요일이군. 어렸을 땐 학교 안 가는 목요일이 일주일에 네 번 있길 늘 바랐지. 지금도 그래. 그래야 사흘 더 살 테니."

"바보 같은 소리." 아내는 어깨를 으쓱했다.

"안 돼! 내 죽음을 부정하지 마! 내가 죽을 거라는 걸 잘 알잖아!" 남자는 갑자기 화를 내며 팔꿈치로 몸을 일으키려 했다.

여자는 그를 바라보며 픽 웃었다.

"왜 웃어?" 남자는 부드러운 목소리로 물었다.

"15년 전에 들었던 말이 기억나서. 당신은 기억 안 나지? 팔토네 부부네에 갔을 때였어. 그때는 당신이 바람을 피우고 있는지 몰랐었지. 뭐, 의심하고 있긴 했지만."

남자는 과거의 만족감이 다시 꿈틀대는 걸 느꼈지만 이내 감정을 억눌렀다. 그동안 얼마나 요란한 상황을 만들었던가! 또 얼마나 말도 안 되는 연애를 했던가!

"그런데?"

"그날 저녁, 당신이 니콜 팔토네와 사귄다는 걸 알게 됐어. 니콜의 남편은 집에 없었지. 당신은 날 집에 데려다주고는 무슨 일을 끝내야 한다며 사무실에 다시 들러야 한다고 했어."

여자는 단어 하나하나를 똑똑히 발음하며 천천히 말을 이어갔다. 그는 니콜을 떠올렸다. 금발 머리의 니콜은 온화했지만 불평이 좀 많은 여자였다.

"난 당신한테 집으로 들어가자고 했어. 그랬으면 좋겠다고. 나도 알고 있다고 말할 용기가 나지 않았어. 당신은 늘 질투 많은 여자들이 어리석다고 비웃었지. 그래서 난 두려웠어."

여자는 점점 더 부드럽게, 꿈을 꾸듯 말했다. 마치 슬픈 어린 시절을 회상하는 듯했다. 남자는 신경이 거슬렸다.

"그래서? 그때도 내가 죽을 거라고 말했던가?"

"아니. 하지만 비슷했어. 뭐라고 했냐면, '안 돼!' 정말 대단했지." 여자는 웃음을 터뜨렸다.

남자도 웃기 시작했다. 하지만 기력 없는 웃음이었다. 사실 웃을 때는 아니었다. 특히 여자에게는. 그런 영웅적인 명랑함을 내보일 수 있는 사람은 남자뿐이었다.

"그래서? 계속해봐."

"당신이 그랬어. '그 여자를 부정하지 마! 내가 그 여잘 원한다는 걸 잘 알잖아!'"

"아……." 남자는 실망했다. 막연하게나마 재치 있는 말을 기대했던 터였다. "그렇게 웃기지는 않은데."

"그렇지. 그렇게 확신에 차서 나한테 그런 얘기를 한 것만 빼면!"

여자는 이번에도 웃었다. 남자가 화가 난 걸 느꼈는지 조금 불편한 웃음이었다.

하지만 지금 그는 그의 심장박동 소리를 듣고 있었다. 그것은 둔탁하면서도 애처롭고, 가벼운 소리였다.

"우리는 역시 보잘것없는 존재야."

그는 씁쓸했다. 스무 살에 혐오해 마지않던 진부함들을 계속 인정할 수밖에 없었던 게 피곤했다. 죽음은 죽음을 닮았다. 사랑이 사랑을 닮은 것처럼.

그는 눈을 감고 말했다. "그렇다면 참 편리한 심장일 텐데."

"뭐라고?"

남자는 여자를 쳐다보았다. 나 자신, 나의 그림자가 될 것에 좋지 않은 사연을 가득 안은 누군가를 뒤에 남겨둔다는 건 이상한 일이었다. 스무 살에는 그토록 온화했고 무방비 상태였지만 이제는 크게 변한 누군가, 앞으로 다시 못 볼 그 누군가를. 마르트…… 그녀는 무엇이 된 것일까?

"그 장이라는 사람, 사랑해?"

여자는 대답했지만 남자는 듣지 않았다. 그는 다시 한 번 천장에 비친 햇살을 헤아려보려 했다. 태양의 유동적이고 깃털 같은 빛줄기. 지중해도 그렇게 푸를까? 누군가 마당에서 노래를 불렀다. 그는 평생 서른 곡의 노래를 좋아했다. 하도 좋아서 가사 없는 음악은 들어줄 수 없었다. 마르트는 피아노를 연주하는 사람이었다. 하지만 멋진 피아노는 흔치 않고 그는 실내장식에 대한 취향이 매우 높았다. 간단히 말하면 그들에게는 피아노가 없었다.

"이제는 피아노 못 치겠지?" 그가 구슬프게 물었다.

"피아노?"

그녀는 놀랐다. 그녀도 기억하지 못했기 때문이다. 젊었던 시절을 잊어버린 것이다. 검은 피아노를 배경으로 한 마르트의 목선, 마르트의 곧은 금빛 머리털이 난 목선에 대한 기억을 사랑할 사람은 그밖에 없었다. 그는 고개를 돌렸다.

"피아노 얘기는 왜 하는데?"

그는 대답하지 않고 여자의 손을 꼭 잡았다. 심장 때문에 겁이 났다. 옛 통증이 다시 찾아온 걸 느꼈다. 아! 잠깐만이라도 안도감, 다프네의 어깨, 술맛을 되찾았으면.

그러나 다프네는 그 병신 같은 젊은 놈 기와 함께 살고 있었고, 술은 상황을 더 빨리 악화시켰을 뿐이다. 그는 겁이 났다. 그렇다, 겁이 났다……. 그의 머릿속에 있는 하얀 것, 그리고 근육의 수축. 무서웠다. 그에게 다가와 웃음 짓는 죽음이 죽도록 무서웠다.

"두려워."

그는 세 음절에 힘을 주어 다시 말했다. 그것은 가혹하고 거친 말, 남자의 말이었다. 그가 했던 모든 말은 물 흐르듯 아주 내뱉기 쉬운 말들이었다. '자기야, 사랑아, 당신이 원할 때, 곧, 내일.' 마르트는 달콤한 이름이 아니었다. 그의 입에 자주 오르내리지 않았다.

"걱정 마."

그녀는 몸을 숙여 그의 눈 위에 손을 댔다.

"모든 게 잘될 거야. 내가 곁에 있을게. 당신을 떠나지 않을 거야."

"괜찮아, 외출하거나 장 보러 가야 한다면……."

"조금 이따가."

여자의 눈에는 눈물이 가득 고였다. 가여운 마르트. 눈물이라니 어울리지 않는다. 하지만 한편으로는 조금 안심이 되었다.

"나 원망하지 않아?" 그가 물었다.

"나머지도 기억해." 그녀의 속삭이는 목소리는 조금 헐떡이긴 했어도 거실 구석이나 해변에서 들었던 비슷한 목소리 열 개를 떠올리게 했다. 그의 관 뒤로는 다정하면서도 우스꽝스러운 기나긴 속삭임들이 따를 것이다. 다프네는 자리에 앉아 마지막으로 그의 실루엣을 언급할 것이고, 젊은 기는 못마땅해 할 것이다.

"모든 게 잘되고 있어. 밀밭이나 귀리밭에서 죽었으면 좋겠다."

"뭐라는 거야?"

"머리 위에서 살랑거리는 줄기들과 함께. '바람이 분다. 살아야겠다!'"

"진정해."

"죽어가는 사람에겐 늘 진정하라고 하지. 정말 그럴 때야."

"그래, 그럴 때지."

마르트의 목소리는 아름다웠다. 남자는 여전히 그녀의 손을 잡고 있었다. 그는 여자의 손을 잡고 죽어갔다. 모든 것이 좋았다. 그 여자가 아내라는 사실은 중요하지 않았다.

"둘이 함께하는 행복이란…… 쉽지가 않네……."

그리고 그는 웃음을 터뜨렸다. 어쨌든 이제 그에게 행복 같은 건 아무런 상관이 없었다. 행복이든, 마르트든, 다프네든. 이제 그는 뛰고 또 뛰는 심장일 뿐이었다. 그리고 지금 그가 사랑하는 것은 그것뿐이다.

# 내 남자의 여자

여자는 전속력으로 커브 길을 돌아 집 앞에 깔끔하게 차를 댔다. 집에 도착할 때면 그녀는 늘 경적을 울린다. 왜 그런지 모르겠다. 그냥 집에 도착할 즈음 남편 데이비드에게 다 왔다고 신호를 보내곤 했다. 그날따라 그녀는 어떻게, 그리고 왜 그런 버릇이 들었지? 하는 생각이 들었다. 두 사람이 결혼한 지도 어느덧 10년이 흘렀다. 그 10년 동안 부부는 리딩 근교의 아름다운 전원주택에서 살았다. 두 아이의 아빠이자 남편,

그녀의 보호자인 그에게 굳이 그렇게 매번 집에 도착했다고 알릴 필요는 없는 것 같았다.

"이 사람이 어딜 간 거지?"

아무런 기척이 없자 그녀는 차에서 내려 골프를 칠 때처럼 저벅저벅 집으로 걸어갔다. 둘도 없는 친구 린다가 그 뒤를 따랐다.

린다 포스만은 운이 따라주지 않는 친구였다. 불행한 이혼을 겪고 서른두 살이 된 지금까지도 혼자 살고 있다. 추파를 던지는 남자야 많지만 여전히 혼자다. 친절하고 활달한 밀리센트나 되니까 그녀와 일요일 온종일 골프를 치는 것도 참아주는 것이다. 처량하다고까지는 못해도 린다는 못 말리게 무기력하다. 남자들에게 관심을 보이면(물론 임자 없는 남자들이다) 그들도 그녀에게 관심을 보이지만 매번 더 이상 진전되지 않는 것 같다. 활력과 매력 그리고 주근깨가 넘치는 밀리센트에겐 린다야말로 수수께끼 같았다.

가끔 데이비드는 예의 그 시니컬한 태도로 밀리센트에게

설명하려 했다. "남자다운 남자를 기다리는 거야. 모든 여자들이 그렇듯이 닻을 내릴 수 있는 진정한 남자."

하지만 그것은 사실이 아니다. 그건 정말이지 천박한 소리다. 밀리센트가 보기에 린다는 그저 그녀의 무사태평한 성격을 사랑해주고 그녀를 돌봐줄 누군가를 기다리는 것뿐이었다.

그러고 보면 데이비드는 린다 얘기만 나오면 무시하고 비꼬기 일쑤였다. 린다뿐만이 아니라 친구들에 대해서도 그랬다. 데이비드에게 말을 해야겠다. 예를 들면 데이비드는 덩치 큰 얼간이 프랭크 해리스가 얼마나 선량한 사람인지 인정하려 들지 않는다. 프랭크가 둔하긴 해도 얼마나 베풀기를 좋아하고 속이 깊은 사람인데. 하지만 데이비드는 "여자들한테 질질 끌려 다닐 놈이야. 여자도 없으면서……" 하고 말하기 일쑤였다. 그런 농담을 해놓고는 그게 무슨 버나드 쇼나 오스카 와일드에 버금가는 표현이라도 되는 양 낄낄거리고 웃었다.

밀리센트는 문을 밀고 거실로 들어갔다. 그리고 현관에서 깜짝 놀라 멈춰 섰다. 거실에는 온통 담배꽁초와 빈 술병들이 널브러져 있었다. 한쪽 구석에는 나이트가운 두 벌이 나뒹굴었다. 그녀와 데이비드의 나이트가운이었다. 그 짧은 경악의 순간에 그녀는 뒤로 돌아서 그대로 밖으로 나가고 싶었다. 아무것도 못 봤던 것이었으면 했다. 미리 전화라도 하고 올걸, 월요일 아침이 아니라 예정보다 일찍, 일요일 저녁에 도착할 거라고 알릴걸 그랬다고 자책했다. 하지만 린다가 어느새 뒤에 와 있었다. 하얀 얼굴에 눈을 동그랗게 뜬 그녀는 뭔가에 짓눌린 모습이었다. 밀리센트는 그녀의 집에서 벌어진 돌이킬 수 없는 일에 대한 대책을 마련해야 했다. 그녀의 집? 그들의 집? 10년 전부터 그녀는 '우리 집'이라고 했지만 데이비드는 그냥 '집'이라고만 불렀다. 10년 전부터 그녀는 화분, 치자나무, 베란다, 정원을 가꾸자고 말했지만 10년 동안 데이비드는 아무런 대답도 하지 않았다.

"뭐야?" 린다의 높고 날카로운 목소리에 밀리센트는 몸을 떨었다. "여기서 도대체 무슨 일이 있었던 거야? 너 없는 동안 데이비드가 파티라도 연 거야?"

 린다는 웃고 있었다. 아마 이 상황이 꽤 재미난 모양이었다. 이틀 전 리버풀에 갔던 데이비드가 갑자기 집에 돌아와 밤을 보내고 근처에 있는 클럽에 저녁을 먹으러 나갔을 가능성도 많았다. 하지만 그 나이트가운 두 벌은……. 그 두 벌의 수의(壽衣), 그 불륜의 깃발들은……. 밀리센트는 놀라는 자신이 더 놀라웠다. 사실 데이비드는 아주 잘생긴 남자였다. 맑은 눈, 검은 머리, 섬세한 얼굴선, 넘치는 유머 감각의 소유자였다. 그래도 밀리센트는 한 번도 생각해본 적이 없다. 그가 다른 여자를 원한다는 느낌도 전혀 없었고, 하물며 증거 하나도 없었다.

 밀리센트는 몸을 흔들어 정신을 차리고 거실을 가로질러 갔다. 그리고 구석에 놓여 있는 불경한 나이트가운을 집어 들어 부엌으로 던져버렸다. 동작은 아주 빨랐지만 식탁 위에 놓인 찻잔 두 개와 찻잔 받침에 묻은 버터를 보지 않고 지나칠 만큼 빠르지는 않았다. 밀리센트는 강간 현장이라도 목격한 듯 서둘러 문을 닫았다. 그리고 재떨이를 털고 병을 치우며 농담도 하면서 린다의 호기심을 돌려 자리에 앉히려 했다.

"한심해." 밀리센트가 말했다. "주말에 가정부가 청소를 안 했나 봐. 여기 앉아, 린다. 차 내어 올게."

린다는 자리에 앉았다. 무릎 사이에 손을 얹고 그 손끝에 가방을 얹어놓은 그녀는 우울한 모습이었다.

"차 말고 더 독한 거 없을까? 마지막 골프 코스 때문에 완전히 지쳤어."

부엌으로 다시 돌아간 밀리센트는 찻잔 두 개에 가는 시선을 거두면서 얼음 몇 조각과 브랜디 한 병을 집어 린다에게 가져다주었다. 두 여자는 거실에서 마주보고 앉았다. 어디에서 가져온 건지는 모르겠지만 어쨌든 데이비드가 가져온 대나무와 혼합 저지로 장식한 멋진 거실이었다. 거실은 영국 부르주아다운 ― 혹은 인간적인 ― 면모를 되찾았다. 유리문을 통해 느릅나무들이 바람에 흔들리는 모습이 보였다. 한 시간 전에 두 여자가 골프장을 빠져나온 것도 바로 그 바람 때문이었다.

"데이비드는 리버풀에 있어." 밀리센트는 자신의 목소리가 뜬금없이 단호하다는 자각이 들었다. 린다가 그렇지 않다고 반대라도 할 친구가 아닌데도 말이다.

"그래, 알아. 네가 말했잖아." 린다는 친구에게 호의적이었다.

그렇게 말하고 두 친구는 창문으로 눈길을 돌렸다. 그다음에는 각자 신발을 내려다보고 다시 서로의 눈을 바라보았다.

밀리센트의 머릿속에 무언가가 자리 잡기 시작했다. 그것은 늑대 같기도 하고 여우 같기도 한, 밀리센트를 해치는 맹수였다. 고통은 커져만 갔다. 밀리센트는 마음을 진정시키려 브랜디 한 잔을 크게 들이켰다. 그리고 다시 린다의 눈을 바라보았다.

"어쨌든 내가 생각하는 건, 아니 정상적인 사람이라면 누구나 생각하고 생각할 수 있는 건, 린다 너는 아니라는 거야. 주말을 함께 보냈고 너도 나만큼 놀랐잖아. 아니, 이상하게 나보다 더 놀랐지."

아무리 생각해봐도 데이비드가 아이들이 집에 있든 없든

상관하지 않고 여자를 집으로 데려온다는 것, 데이비드가 여자를 데려와서 아내의 나이트가운을 입힌다는 것은 생각조차 할 수 없는 일이었다. 데이비드는 다른 여자에게는 눈길 한 번 주지 않았다. 사실 아예 아무도 쳐다보지 않았다. 그런데 그 '아무도'라는 말이 마치 공이 울리듯 그녀의 가슴을 때렸다. 맞다. 데이비드는 아무도 쳐다보지 않는다. 그녀조차도. 데이비드는 태어날 때부터 눈먼 미남이었다.

물론 10년이라는 세월이 흘렀으니 육체관계가 거의 제로에 가까워졌다는 건 꽤 자연스러운 일이었다. 오히려 올바른 현상이라고 봐야 했다. 그 많은 세월이 흘렀으니 그녀가 젊었을 때 알았던 악착스럽고 열정과 근심이 가득 찬 그의 모습이 거의 사라졌다는 것도 자연스러운 일이었다. 하지만 출중한 외모에 매력도 넘치면서 이상하리만치 무뚝뚝한 남편은…….

"밀리센트, 이게 다 뭐라고 생각해?" 린다가 물었다.

난장판인 거실을 강조하려는 듯 린다는 팔을 휘휘 저었다.

"내가 뭐라고 생각했으면 좋겠어? 브릭스 부인이 월요일이 되었는데도 청소하러 오지 않은 걸까? 아니면 데이비드가 매춘부랑 주말을 함께 보낸 걸까?"

밀리센트는 깔깔깔 웃기 시작했다. 사실 마음이 편해졌다. 문제가 분명해졌고 답은 간단했다. 남편이 바람을 피웠고, 바람 때문에 골프 게임을 일찍 끝낸 덕분에 그 사실을 알게 되었으니 친한 친구와 함께 웃을 수 있는 일 아닐까.

"하지만……." 린다도 웃기 시작하며 물었다. "무슨 말이야? 매춘부라니? 데이비드는 늘 너랑 아이들, 친구들과 함께 지내잖아. 진짜 매춘부 만날 시간이 어디 있니?"

"그럼 파멜라나 에스터, 아니면 제니겠지. 그걸 누가 알겠어?" 밀리센트는 더 크게 웃었다. 이유는 알 수 없었지만 마음이 정말 편안해졌다.

"데이비드 마음에 드는 여자는 없을걸." 그렇게 말하는 린다의 목소리는 왠지 서글펐다. 그때 린다가 일어나려고 하자 밀리센트는 겁이 날 것 같았다.

"린다, 설사 간통 현장을 보게 된다고 하더라도 나는 그것 때문에 사네 못 사네 하지는 않을 거야. 데이비드랑 결혼한 지 벌써 10년이나 됐는걸. 그 사람이나 나나 기회가 있었고……. 사네 마네 한다 해도 말뿐이지, 뭐."

"알아. 그런 건 별로 중요하지 않아. 어쨌든 난 그만 가봐야겠다. 런던으로 올라갈래."

"데이비드가 별로 마음에 안 들지?"

린다의 눈빛 속에 순간 놀라움이 번졌다. 그러나 놀라움은 이내 따뜻함과 다정함으로 바뀌었다.

"아니야, 나 데이비드 많이 좋아해. 데이비드를 다섯 살 때부터 알았는걸. 이튼에 다닐 때 오빠랑 가장 친한 친구였지."

내용도 없는 말 한마디를 던져놓고 린다는 밀리센트를 뚫어져라 바라보았다. 마치 세상에서 가장 중요한 말을 한 사람처럼. 그러자 밀리센트가 말했다.

"그래? 그렇담 나도 용서할 수 있는 일을 네가 왜 용서할 수 없는지 모르겠다. 집이 난장판이긴 하지만 런던까지 교통지옥을 견디느니 차라리 여기 있는 게 나을 것 같은데."

린다는 브랜디 병을 쥐고 술을 한 잔 가득 부었다. 적어도 밀리센트에게는 그렇게 보였다.

"데이비드가 너한테 아주 잘해주지?" 린다가 물었다.

"그럼." 밀리센트는 솔직하게 대답했다.

데이비드가 세심하고 예의 바르고 여자를 보호해주는 남자인 것은 사실이다. 때로는 상상력이 넘치기도 하지만 대부분 우울한 게 흠이기도 하다. 하지만 그런 걸 린다에게까지 시시콜콜 말하고 싶지는 않았다. 데이비드가 런던에서 지낼 때는 소파에 누워 눈을 감고 며칠이고 집 밖으로 나가지 않는다는 것도 말하지 않을 것이다. 그가 끔찍한 악몽에 시달린다는 것도, 이름도 기억나지 않는 어떤 사업가에게 집요하게 전화를 걸어대던 이야기도 하지 않을 것이다. 아이 중 하나가 시험을 망쳤을 때 데이비드가 얼마나 화를 냈는지, 가구 배치나 그림에 관한 한 그가 얼마나 밉상으로 굴 수 있는지, 배려심 많은 그가 밀리센트와의 약속까지 포함해서 얼마나 많은 약속을 잊어버렸는지도 말하지 않을 것이다. 가끔 얼마나 곤죽이 되어 퇴근하는지도. 한번은 거울을 보고 있는 데이비드의 등에서 무슨 자국을 봤는지도 린다에게 말할 수 없었다. 그 기억만으로도 그녀 안의 무언가가 요동치기 시작했다. 그녀의 영국 숙녀다운, 예의 바른 행동거지였을 것이다.

밀레센트는 물었다. 아니, 자기도 모르게 묻고 있었다. "네 생각엔 에텔일 거 같아, 파멜라일 거 같아?"

왜냐하면 데이비드가 실질적으로 그 외에 다른 여자들을 볼 시간이 없기 때문이다. 제아무리 뒷골목 여자라도 사랑하는 남자가 자기에게 어느 정도 시간을 써주길 바라는 법이니까. 데이비드가 만약 연애를 한다면 그건 충동적으로 절제를 하지 못한 짧은 연애일 수밖에 없다. 매춘부나 이런 방면에 정통한 여자들과의 만남일 것이다. 자존심 강하고 까다롭기로 유명한 데이비드가 마조히스트라고 상상하기는 힘들다.

린다의 목소리가 아주 멀리서 들려오는 것 같았다.

"파멜라나 에텔이라고 생각하는 이유라도 있어? 워낙 눈이 높은 여자들이잖아."

"네 말도 맞구나."

밀리센트는 자리에서 일어나 거실에 있는 거울 앞으로 다가갔다. 그녀의 미모는 아직 여전했다. 그런 말을 아쉽지 않게 들었고 때로는 충분히 증명도 되었다. 그녀의 남편은 그런 그녀와 어울리는 사람들 중에 가장 매력적이고 능력 있는 남자였다. 그런데 지금 거울 앞에서 살점 하나, 신경 하나, 뼈 하나, 젖줄 하나 없는 해골을 마주하고 있다는 기분이 드는 건 왜일까?

"참 안됐어." 밀리센트는 그렇게 말하면서도 그게 누구에 대한 이야기인지 헷갈렸다. "데이비드에게 여자 친구들만큼 남자 친구들이 없다는 게 유감이야. 그런 것 같지 않아?"

"그런 생각 해본 적 없는데." 린다가 말했다.

어둑해진 거실에서 린다의 목소리가 들려왔다. 밀리센트에게는 린다의 실루엣만 보일 뿐이었다. 그 모습이 마치 소파 위에 있는 생쥐 같았다. 실루엣은 알고 있었다. 무엇을? 그 여자의 이름을 말이다. 왜 말해주지 않는 것일까? 린다는 그 이름을 일러바치기에는 너무 고약하거나 너무 착했다. 둘 중에 어느 쪽인지 어떻게 알 수 있겠나. 그렇지 않다면 왜 이 7월의 저녁에 고독과 흰 투피스를 입은 채 그토록 겁에 질린 여자 꼴을 하고 있는 것일까? 모든 것을 이성적이고 현실적으로 정리해야 한다. 만약 그것이 사실이라면 데이비드가 어떤 여자와 사귄다는 걸 인정해야 한다. 친구나 매춘부일 것이다. 무엇보다 그것 때문에 치졸한 싸움을 벌여서는 안 된다. 어쩌면 훗날 퍼시나 다른 사내랑 정분이 나서 기분 좋은 복수를 할 수 있을지도. 모든 걸 세속적인 것으로, 고전적인 것으로 만들어야 한다. 그래서 밀리센트는 자리에서 일어나 우아하게 소파의 먼지를 털며 당당하게 말했다.

"어쨌든 우리 여기서 자자. 위층 침실 상태가 어떤지 보고 올게. 우리 그이가 파티를 과하다 싶게 했으면 브릭스 부인한테 연락하지, 뭐. 여기서 2킬로미터 떨어진 곳에 사니까 도와주러 와달라고 하면 돼. 어때?"

"좋아." 어둠 속에서 린다가 말했다. "너 좋을 대로."

밀리센트는 일어나서 층계로 향했다. 가는 길에 걸려 있는 두 아들 사진을 보고 멍하게 웃었다. 아이들은 데이비드처럼 이튼에 다니게 되겠지. 데이비드랑 같이 다녔던 사람이 누구더라? 아, 린다 오빠였지. 밀리센트는 계단에 오를 때 난간에 기댈 수밖에 없어서 놀랐다. 무언가 때문에 다리의 힘이 쫙 풀려 있었다. 골프 때문도 아니고, 불륜 때문도 아니었다. 누구나 배우자가 바람을 피울 수 있다는 사실을 염두에 둘 수 있고, 그래야 한다. 그게 난동을 피우거나 죽을상을 할 이유는 아니었다. 적어도 밀리센트의 생각으로는 그랬다. 그녀는 '그들의' 침실로, '그들의' 집에 있는 침실로 들어갔다. 그리고 엉클어진 이불과 도적 떼가 휩쓸고 간 듯 난장판이 된 침대를 아무렇지 않게 바라보았다. 데이비드와 결혼한 뒤 침대가 그런 상태에 놓인 적은 단 한 번도 없었던 것 같았다. 두 번째로 그녀의 신경을 끈 것은 침대 협탁 위에 놓인 손목시계였다. 그녀가 자는 쪽에 있는 협탁이었다. 시계는 방수가 되는 큰 남성용 손목시계였다. 밀리센트는 얼떨떨하면서도 무언가에 홀린 듯 손가락 끝에 시계를 올려놓고 무게를 재어보았다. 손목시계를 놓고

간 사람이 남자라는 사실을 깨달았다. 밀리센트는 모든 게 이해가 갔다. 밑에서는 린다가 기다리고 있었다. 걱정에 잠긴 린다는 두려움에 떨며 어둠 속으로 더 깊이 파묻히고 있었다. 밀리센트는 거실로 내려갔다. 그리고 이상하게도 연민 같은 것에 휩싸여 역시 진실을 알고 있었던 린다를 마주보았다.

"어떡하지? 네 생각이 맞았어. 침실에 흉측한 연분홍색 잠옷이 있구나."

## 다섯 번의 딴전

　미모와 타고난 포악성으로 유명했던 조세파 폰 크라펜베르크 백작 부인의 생애를 한마디로 요약하자면 다섯 번의 '딴전'이라고 할 수 있다. 그녀는 살면서 가장 강렬한 순간에 딴청을 피우고 별로 중요해 보이지 않는 디테일에 집중해서 그 순간을 벗어나는 놀라운 능력을 가지고 있었다.

　첫 번째 사건은 에스파냐 내전 당시 그녀의 젊은 남편이 죽어가던 시골 저택에서 벌어졌다. 남편은 조세파를 침대 맡에 불러들여 점점 힘이 빠져가는 목소리로, 그가 군에 입대한 건 순전히 그녀 때문이었고 일부러 죽음을 자처한 것도 그녀 때문이었다고 털어놓았다. 그녀의 무관심, 그녀의 냉정함은 그가 품은 커다란 사랑을 놓고 보면 그의 죽음 외에는 다른 결론에 이를 수 없으며, 인간의 따뜻함이 무엇인지 언젠가 이해하길 바란다고 말했다. 아름답게 차려입은 조세파는 꿈쩍도 하지 않고 부상당한 군인들이 가득한 방에서 남편의 말을 들었다. 혐오감과 호기심이 뒤섞인 그녀의 눈이 기계적으로 방 안을 한 번 훑어보았다. 그때 갑자기 창 너머로 밀밭이 보였다. 여름 바람에 흔들리는 밀밭의 광경은 여지없는 반 고흐의 작품이었다.

 조세파는 남편이 잡고 있는 손을 빼내고 일어서며 중얼거렸다. "밀밭 봤어요? 반 고흐 작품 같아요."

 그리고 몇 분 동안 창가에 기대어 있었다. 남편은 눈을 감았다. 조세파가 자리로 돌아왔을 때 남편은 이미 죽어 있었고, 조세파는 크게 놀랐다.

두 번째 남편인 폰 크라펜베르크 백작은 영향력 있는 재력가였다. 그는 이미 오래전에 아내에게 우아하고 지적이며 보기 좋은 조연 역할을 맡겼다고 생각했다. 부부는 함께 경마대회를 보러 다니고 '크라펜베르크' 마구간을 다녔다. 카지노에서 '크라펜베르크' 마르크를 마음껏 잃었고, '크라펜베르크'식으로 그을린 몸을 바닷물에 담그러 칸과 몬테카를로를 누볐다. 그러나 아놀드 폰 크라펜베르크를 매혹시킨 조세파의 가장 큰 매력이었던 차가움은 결국 두려움의 대상으로 변했다. 어느 날 저녁 빌헴스트라세에 있던 화려한 아파트에서 아놀드는 조세파에게 냉정하다고 나무랐다. 그리고 그녀 자신 외에 다른 것에 관심을 가져본 적이나 있느냐고 물었다.

"당신은 내게 아이를 낳아주는 것도 거부했소. 말도 거의 없고, 내가 알기엔 친구도 없고 말이오."

조세파는 늘 그렇게 살아왔다며, 결혼할 때 이미 다 알고 있지 않았느냐고 대답했다.

"당신에게 한 가지 말할 게 있소." 백작은 차갑게 말했다.

"나는 완전히 파산했소. 한 달 뒤에 슈바르츠발트에 있는 시골집으로 이사할 거요. 그나마 구할 수 있었던 건 그 시골집뿐이었소."

조세파는 웃으며 남편에게 혼자 떠나라고 말했다. 첫 남편이 유산을 충분히 남겨줬기 때문에 뮌헨에서도 편히 살 수 있고, 예전부터 슈바르츠발트에 가면 못 견디게 지겨웠다고 했다. 유명한 은행가 크라펜베르크 백작은 어떤 일에도 냉철함을 잃지 않는 사람이었지만, 이번에는 폭발하고 말았다. 그는 발길질을 하며 거실을 엉망으로 만들고 그녀가 오로지 돈 때문에 자기와 결혼했다며 소리를 지르기 시작했다. 그도 그런 사실을 알고 있었고, 방금 한 말은 함정이었다면서 거기에 걸려든 것이 그 사실을 증명한다고 했다. 망했어도 오나시스보다 재산이 많다는 것이었다. 백작이 그렇게 고래고래 소리를 지르고 값비싼 골동품들이 공중에 날아오르는 동안 조세파는 오른쪽 스타킹에 올이 풀리는 걸 보고 경악했다. 고통스러운 대화가 시작된 이후 처음으로 그녀는 놀랐다는 반응을 보이더니 자리에서 벌떡 일어났다.

"스타킹 올이 풀리고 있어요."

그 말에 처량한 아놀드 폰 크라펜베르크 백작은 그야말로 아연실색했고 조세파는 방을 나갔다.

백작은 이 사건을 잊어버렸다. 아니, 잊어버린 척했다. 조세파는 남편과 완전히 분리된 그녀만의 아파트를 요구했다. 뮌헨 시내 전체를 내려다볼 수 있고 여름에는 햇살을 받으며 긴 의자에 누워 몇 시간이고 보낼 수 있는 커다란 테라스가 딸린 아파트를 달라고 했다. 또 브라질 출신의 뚱뚱한 하녀 두 명이 아무 말도 하지 않고 하늘만 보며 자신에게 부채질을 하게 해 달라고 했다. 조세파가 남편과 맺은 유일한 관계는 매달 개인 비서에게 들려 보내는 수표였다. 윌프리드는 뮌헨 출신의 젊고 잘생긴 청년이었다. 그는 금세 조세파를, 그녀의 부동성을 사랑하게 되었다. 그러던 어느 날 두 브라질 하녀들이 독일어를 거의 못한다는 사실을 알고 조세파에게 사랑한다고, 미치도록 사랑한다고 고백했다. 그는 조세파가 그를 내칠 줄 알았다. 백작의 개인 비서 노릇도 못 하게 할 줄 알았다. 그러나 그녀는 테라스에서 혼자 지낸 지도 꽤 오래되었기에 "잘됐군. 당신이 마음에 들어요. 난 심심하거든요"라고 말했다. 그리고 윌프리드의 목을 끌어당겼다. 윌프리드가 불편해하는 것도 아랑곳없이 그녀는 두 브라질 하녀들이 미동도 하지 않고 지켜보는 가운데 격렬하게 입을 맞추었다. 다시 고개를 든 윌프리드는 행복에 겨워 감정이 북받쳐 있었다. 그는 조세파에게 언젠가 그녀의 애인이 될 수 있을지, 또 그게 언제가 될지 물었다. 그때 하녀들이 들고 있던 부채에서 깃털 하나가 떨어져 공중에 둥실둥실 떠다녔다. 조세파의 눈은 깃털을 따라 움직였다. "이 깃털을 봐요. 벽을 넘어갈 수 있을까요, 없을까요?" 윌프리드는 깜짝 놀라 조세파를 바라보았다. "당신이 언제 내 여자가 될 수 있는지 물었습니다." 그는 화를 내듯 말했다. 조세파는 웃으며 "지금 당장"이라고 말하고 그를 끌어당겼다. 두 브라질 하녀는 노래를 흥얼거리며 부채질을 계속했다.

조세파는 리히터 박사의 진료실에 있었다. 박사는 호기심과 두려움에 차서 그녀를 바라보았다. 그녀는 늘 모든 것에 초연했다.

"그 불쌍한 청년이 자살한 뒤론 한 번도 뵙지 못했네요." 박사가 말했다. "남편의 개인 비서 말입니다."

"윌프리드였죠." 그녀가 대답했다.

"왜 부인의 집에서 그런 일을 벌였는지 아직까지 그 이유를 모르십니까?"

두 사람의 시선이 마주쳤다. 박사의 눈빛은 경멸과 공격성이 가득했지만 조세파의 눈빛은 완벽하게 평화로웠다.

"아니요. 정말 뜬금없는 것 같아요."

박사는 눈살을 약간 찌푸리더니 서랍을 열어 엑스레이 사진 몇 장을 꺼냈다. "나쁜 소식을 알려드려야겠군요. 백작님께는 미리 말씀드렸고, 그랬더니 부인께 이걸 보여드리라 하시더군요."

조세파는 장갑 낀 손으로 사진을 밀어내며 웃었다. "엑스레이 사진은 읽을 줄 몰라요. 검사 결과가 나왔을 텐데요. 병이 맞나요?"

"유감스럽게도 그렇습니다."

두 사람은 서로 뚫어져라 쳐다보았다. 조세파가 먼저 시선을 피하며 박사의 머리 너머에 있는 그림을 아는 체했다. 그녀는 자리에서 일어나 세 걸음 앞으로 움직였다. 그리고 액자를 똑바로 한 뒤 조용히 다시 자리에 앉았다.

"죄송해요. 자꾸 신경이 쓰여서요."

박사는 마음속으로 걸었던 내기에서 지고 말았다. '조세파 폰 크라펜베르크가 냉정을 잃는 꼴을 한번 봐야 하는 건데!'

조세파는 이제 호텔 방에 있다. 남편에게 메모를 남긴 참이다. '사랑하는 나의 아놀드, 당신이 자주 나무랐듯이 나는 고통을 느낄 줄 모르는 사람이에요. 이제 와서 그걸 배우고 싶지는 않네요.'

조세파는 자리에서 일어나 마지막으로 거울에 자신의 모습을 비춰보았다. 늘 그렇듯이 생각에 잠긴 듯 차분했다. 이상하게도 그녀는 거울 속의 그녀를 향해 짧은 미소를 지어 보인 뒤 침대로 가서 누웠다. 그리고 핸드백을 열어 작은 검은색 권총을 꺼내 들었다. 반들반들 윤이 나는 총을 장전했다. 그런데 속상하게도 권총이 말을 잘 듣지 않아 손톱이 깨져버렸다. 어떤 분야에서건 완벽하지 못한 걸 못 참는 조세파 폰 크라펜베르크는 자리에서 일어나 들고 온 작은 가방을 열어 손톱 다듬는 줄을 꺼내, 정성 들여 깨진 손톱을 다듬었다. 그리고 나서야 침대로 돌아가 권총을 다시 집어 들었다. 그녀는 관자놀이에 총을 가져다 댔다. 총소리는 그렇게 크지 않았다.

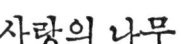

## 사랑의 나무

 층계에 서 있던 스티븐 킴벌리 경은 몸을 돌려 약혼녀에게 손을 내밀었다. 아름다운 영국의 가을, 기울어져가는 노을 속에서 약혼녀는 평소보다 더 환하고, 더 여성적이고, 더 우아해 보였다. 그는 아주 잠깐, 그 모든 것이 그를 철저히 냉담하게 만든다는 사실에 씁쓸했다. 하지만 어쨌든 약혼녀는 그를 사랑했다. 혹은 사랑한다고 믿었다. 그녀는 그와 같은 계층 출신이었고, 상당한 지참금도 마련할 수 있었다. 그도 이제 서른다섯이 되었으니 그만 결혼할 때가 되었다. 두 사람은 아주 건강한 아이들로 영국의 시골을 채울 것이다. 아이들은 어머니에게서 푸른 눈을, 아버지에게서 갈색 머리를 물려받을 것이다. 어쩌면 거꾸로 아버지의 검은 눈과 어머니의 금발 머리를 물려받을지도 모른다. 아이들은 꽥꽥 소리를 지르고, 조랑말에 올라타고, 늙은 정원사에게 귀여움을 받을 것이다.

물론 스티븐이 머릿속으로 하는 말이 시니컬하게 들릴 수 있다. 하지만 그는 시니컬함과는 거리가 먼 사람이다. 그는 이 저택과 이튼 그리고 런던에서 어린 시절과 사춘기, 성년의 초기를 흔들림 없이 조용하게 보냈다. 단 한 번만 제외하고. 하지만 그 일에 대해 지금 그는 아무런 기억도 하지 못한다. 옛 추억을 더듬을 일은 없었다.

"너도밤나무들이 참 아름다워요." 눈부신 약혼녀 에밀리 하이라이프가 청아하게 웃으며 감탄했다.

그녀는 가까운 시일 내에 이곳의 안주인, 이 남자의 아내, 그리고 이 남자가 잉태시켜줄 예쁜 아이들의 엄마가 되리라는 생각에 은근히 기뻤다. 그래서인지 그녀의 기사가 된 남자의 단단한 팔에 손을 얹고 계단을 내려오는 그녀의 발걸음은 무척 가벼웠다.

작은 양산 밑에 앉아 조그만 머핀과 차를 들이켜는 두 어머니들은 두 사람을 황홀하게 바라보았다. 어머니들은 둘 다 오래전에 과부가 되었다(한 사람은 인도 덕분에, 그리고 다른 한 사람은 주식 덕분에). 두 사람이 휴가를 간다는 핑계로 한 달씩 맡기고 갈 손자들을 생각하면 편안한 미래에 어두운 그림자가 드리우는 것도 사실이지만 뭐 어떠랴. 어쨌든 아이들을 돌볼 유모는 늘 있을 테니…….

"행복해죽겠어요. 스티븐이 정착할 때가 되었죠. 런던에서 사귄 친구들은 통 맘에 들지 않거든요." 킴벌리 부인이 말했다.

"젊은 아이들의 치기 아니겠어요. 에밀리에게도 좋을 거예요." 상대방도 너그럽게 답한다.

어머니들이 상식에 가득 찬 예측에 빠져 있을 때 두 젊은이는 산책로를 거닐었다. 스티븐은 던힐 캐슬에 자주 오긴 했어

사랑의 나무 91

도 산책은 거의 하지 않았다. 그 나이 또래 청년들이 그렇듯이 어디든 이동하려면 바퀴 네 개나 다리 네 개가 달린 교통수단에 올라타려는 욕구가 강했다. 하지만 지금은 빌어먹을 너도밤나무를 보고 끝없이 감탄을 해대는 약혼녀를 따라 설렁설렁 발걸음을 옮겼다. 나뭇잎 사이로 바쁜 듯 저물어가는 태양을 보면서 말이다. 하지만 자세히 바라보는 것은 아니었다. 그렇게 해서 그도 의식하지 못하는 사이 약혼녀 가까이, 그리고 숲 속의 빈터까지 가버렸다. 긴 산책로 끝에 있는 아주 고요하고 아름다운 빈터였다. 가시덤불로 막힌 작은 길이 그리로 이끌어주었다. 그곳에 있는 나무를 보고 나서야 스티븐은 과거와 페이의 얼굴 그리고 아마도 그의 인생에서 가장 살아 있음을 느꼈던 순간을 다시 보았다.

스티븐은 열다섯, 페이는 열넷이었다. 그녀는 소작농의 딸이었고, 조금 멀리 떨어진 강가에 살고 있었다. 자연 속에서 혼자 자란 여자아이들이 흔히 그렇듯 페이도 작은 들짐승 같은 갈색머리 소녀였다. 스티븐은 '천진난만한 정직함과 흰 린넨', 더 정확히 말하면 그해 여름 던힐 캐슬의 찌는 듯한 무더위 때문에 흰 즈크로 만든 옷을 입은 키 크고 어수룩한 말라깽이였다. 두 아이는 농장에서 거의 양식으로 키우다시피 한 ― 거의 양식으로 키웠지만 철저히 금지된 ― 송어들을 함께 잡으며 알게 되었다. 손으로 송어들을 잡으면서, 공포에 떠는 송어의 차가운 떨림을 손바닥으로 느끼면서 스티븐은 이상한 쾌감과 금기를 느꼈다. 그리고 송어만큼 파닥대지만 송어보다 온기가 있는 다른 먹잇감에 대한 막연한 욕구를 느꼈다. 페이는 스티븐을 보고 웃었다. 스티븐의 억양, 스티븐의 단추, 스티븐의 어수룩함을 보고 웃었다. 페이는 미친 듯 돌진하는 달리기 경주에서 늘 첫 번째로 도착했다. 그녀는 완벽한 '미지의 세계'였다. 진정한 자연이자 동시에 여자였다. 스티븐이 모르기도 했고 알 기회도 아주 적었던 모든 것이었다. 그해 여름, 스티븐은 생애 처음이자 마지막으로 던힐의 매력과 아름다움을 느끼고 감탄했다. 던힐이 드러누울 수 있는 낙엽으로 뒤덮이고 숨을 수 있는 건초로 가득 찼기 때문이다. 건전한 빈터가 무더위의 열기 속에서 갑자기 드러낼 수 없는 쾌락의 장소로 변했기 때문이다.

아주 긴 오후 끝에, 벌어질 일이 벌어지고야 말았다.

페이는 입을 맞추기 전에 그의 이름을 불렀다. "스티븐."

스티븐은 태어나서 처음 이름을 불린 듯한 착각에 잠시 빠졌다. 두 사람은 철저하게 쿨했다. 이 여름이 아마 유일할 거라는 걸 완벽하게 알고 있었기 때문이다. 페이는 이미 체념했기에 시니컬했고, 스티븐은 쾌락에 넋이 나가 감정이라곤 조금도 갖지 않았던 것이다. 여름이 갔다. 태양, 이미 전문가가 된 페이의 애무, 스티븐의 여드름은 사라졌다. 그의 어수룩함은 힘이 되었고, 그의 거짓말은 그의 귀에 참말만큼 정상적인 것으로 들렸다. 풋사랑의 붉은 지옥을 어찌 일일이 다 설명할 수 있을까. 사냥터지기, 부모님, 사촌들, 사냥꾼들, 이웃 주민들에게 둘러싸여 있었음에도 스티븐과 페이는 매일 똑같은 빈터, 똑같은 나무 밑에서 만났다. 그 나무는 아일랜드 출신의 알코올중독자 삼촌이 프랑스 프로방스 지방에서 가져왔다는 플라타너스였다. 다들 미쳤다고 생각했던 삼촌이 왜 나무를 가져왔는지 아무도 이해하지 못했다. 가족들은 나무가 마치 집안의 오점이라도 되는 양 이 빈터로 유배 보냈다. 스티븐과 페이는 매일 오후 서로의 육체와 풀 냄새 그리고 사랑의 향기를 만났다. 두 사람은 한 마디도 하지 않고 헤어졌다.

스티븐이 여느 부잣집 청년들처럼 유럽 곳곳을 돌아다니다가 2년 뒤 돌아왔을 때, 산책 중에 임신한 페이를 잠깐 보게 되었다. 그녀는 행복한 결혼 생활을 하고 있었다. 두 사람이 서로 눈빛 교환을 했는지는 알 수 없다. 그들은 산책로에서 마주친 말없는 두 마리 짐승이었다. 스티븐도 페이도, 이별 때문에 가슴 아팠다고 말할 수 없기 때문이다. 그들의 로맨스엔 낭만도 없었고 어떤 결과도 없었다. 다만 평소보다 열정이 더 격렬했던 어느 날, 스티븐은 플라타너스 나무에 'S'와 'F'라고 두 사람의 이름 약자를 새겨 넣은 적이 있었다. 중간에 하트 모양은 넣지 않고 그냥 'S'와 'F'라고만 새겼다. 그리고 아름다운 약혼식 날 저녁, 나무를 빨아 먹는 두 마리 거머리처럼 붙어 있는 두 글자를 다시 본 것이다. 끝날 것 같지 않게 늘어지는 가족 식사 자리에서 그는 떨리는 손과 하얀 깃을 가지고 있었던 그해 여름을 추억했다. 그의 힘 빠진 눈앞에 혼란스러운 장면들이 지나가자 그제야, 서른다섯이 된 지금에 와서야 그의 심장이 뛰기 시작했다. 그의 심장은 앞으로 남은 그의 인생으로, 그의 아름다운 약혼녀로, 그의 피할 수 없는 미래로 인해 말 그대로 쇠약해지고 망가졌다. 스티븐은 열다섯이 된 그를 본다. 검은 머리를 늘어뜨린 인도 여자의 어깨 위에 벌거벗은 인도 남자. 그리고 그는 거의 성적인 증오를 품고 에밀리의 곱슬곱슬한 금발 머리를 바라보았다.

스티븐은 생각했다. '이니셜을 보게 되겠지. 가족 중에는 'S'로 시작하는 이름이 많지 않은데. 그 미칠 듯한 열정을 연애소설로 설명해야겠지. 이웃집 여자가 한 말까지 인용해야 할 거야.'

스티븐은 어머니가 아는 사람 중에 'F'로 시작하는 이름을 가졌고 그가 이곳까지 데려왔을 법한 — 간식 시간 도중에 그럴 듯한 이유로, 어쨌든 도저히 벗길 수 없는 페티코트를 입은 — 여자아이가 있는지 머릿속에서 필사적으로 찾기 시작했다. 그러자 그 안의 누군가가 최후의 거짓말에 몸을 떨기 시작했다. 물론 스티븐은 에밀리를 놔두고 언젠가 바람을 필 것이다. 예를 들어 첫아이를 낳은 뒤 등 적절한 때가 오면 말이다. 그리고 물론 거짓말도 훌륭하게 해낼 것이다. 그러나 지금 하는 거짓말은 약간 다른 것이다. 스티븐은 주저했다.

그때 에밀리가 웃으며 그를 돌아보더니 물었다. "날 기다린 거예요, 스티븐?"

당황한 그는 두 걸음을 떼서 그녀에게 다가갔다. 에밀리는 나무에 손을 대고 있었다. 이니셜이 새겨진 자리를 정확하게 짚고 있었다. 'S'는 선명하게 보였지만 'F'는 나무에서 진이 흘러내려 불분명하게 보였다. 페이의 'F'가 거의 'E'를 닮아 있었다.

"스티븐 앤 에밀리." 에밀리가 말했다.

그녀는 스티븐에게 웃어 보였다. 그러나 스티븐은 어쩌면 조금 늦은 감이 있지만, 삶이 그에게 회복할 수 없는 따귀를 갈긴 것 같았다.

# 어느 저녁

"뭔가를 잊어버리려면 다른 것에 관심을 가질 수밖에 없어." 그녀가 소리 높여 말했다. 그리고 피식 웃으며 방 안에서 걸음을 멈추었다. 그녀에게는 세 가지 선택이 있었다. 시몽에게 전화를 걸어 데이트하기, 수면제 먹고 다음 날까지 잠자기(하지만 이 방법은 불필요한 유예 기간처럼 썩 내키지 않았다), 책 읽기. 하지만 책은 제아무리 흥미진진해도 손에서 툭 떨어질 것이다. 아니, 더 정확하게 말하면(그녀는 자신의 태도를 스스로 짐작해

보았다) 침대에 앉아서 담요 위에 책을 놓고 눈을 감을 것이다. 빛은 그녀의 눈꺼풀을 노랗게 물들일 것이고 불안함은 여전히 그녀를 떠나지 않을 것이다. 그 불안함은 마르크를 사랑한 적이 없노라고, 그가 떠나갔어도 아무렇지도 않다고 스스로에게 '고백'하며 가끔 승리나 기쁨에 젖은 순간에만 그녀를 떠났다. 아니다, 세 번째 해결책인 책은 버려야겠다. 그녀는 책을 읽는 자신을 견디지 못했다. 정신을 다른 데로 돌려야 비로소 자신을 견딜 수 있었다. '다른 사람들'과.

시몽에게 전화를 걸자. 전화벨이 울리는 동안 그녀는 수화기로 볼과 귀 사이를 문질러댔다. 검고 습한 에보나이트가 조금 혐오스러웠다. 날카로운 신호는 수화기를 얼굴에 누르면 작아졌고 얼굴에서 떼면 다시 들렸다. '괜찮은 영화 장면이 되겠는걸. 애인에게 전화를 걸어 미리 그의 목소리를 애무하는 여자······.' 시몽의 목소리는 생생했다. 언제나 생생한 시몽의 목소리. 그녀는 시간이 늦었다는 걸 깨달았다.

"나야."

"잘 있었어?" 시몽이 물었다. "이 시간에 전화한 걸 보니 잘 있는 건 아니겠군."

"나쁘지 않아." 수화기 너머로 들려오는 다정한 목소리에 그녀의 눈에는 눈물이 고였다. "나쁘지 않아. 그냥 한잔하러 가고 싶은 생각이 나서. 자고 있었어?"

"아니. 나도 목이 마른 참이었어. 10분 뒤에 들를게."

수화기를 내려놓고 거울을 들여다본 그녀는 엉망인 얼굴을 확인하자 밖으로 나가기가 싫어졌다. 방에 혼자 남아 있고 싶은 마음이 물밀 듯 밀려왔다. 마르크도 없는 방에, 고통이라고 불러야 맞을 것과 함께 남아 있고 싶었다. 그 고통을 키우고 거기에 몸을 맡기고 싶었다. 그녀는 한 달 가까이 마치 허수아비처럼 그 고통을 피해 가게 한 보존의 본능을 증오하기에 이르렀다. 피하지 말고, 언제든 모든 걸 피하려고만 하지 말고 조금 괴로워하면 어떤가? 그러나 그것은 소용없는 짓이었다. 불행해지도록 내버려두는 것은 행복해지려고 노력하는 것만큼이나 쓸데없는 짓이다. 나머지 모든 것, 그녀의 인생, 시몽,

이 담배 한 개비만큼이나. 그녀는 담배를 재떨이에 뭉개고 화장을 고쳤다.

시몽이 초인종을 눌렀다. 그녀는 층계를 내려가며 그에게 몸을 돌려 고개를 젖히며 웃었다. 마주 웃는 시몽의 미소에는 당황한 기색이 엿보였다. '참, 마르크 전에 시몽과 사귄 적이 있었지. 어쩌다가 헤어진 건지 기억이 나질 않아.' 사실 그녀는 그 시절에 대해서라면 별로 기억나는 게 없었다. 모든 게 마르크 앞에서 무너지고 예리코의 성벽처럼 풍화되었기 때문이다. 아, 제발 마르크 생각 좀 그만 났으면! 그녀는 더 이상 마르크를 사랑하지 않았다. 그가 돌아오길 바라지도 않았다. 다만 그 시절의 그녀 자신을 그리워할 뿐이었다. 이상한 궤도를 돌던 둥그렇고 매끈매끈하며 충만했던 자기 자신을.

"나한테 지쳤어." 차에서 그녀가 말했다.

"너만 그런 거야." 시몽이 가성으로 말했다. "우린 다 널 좋아해."

"마르크 올랑 노래 같아."

내가 원하는 건 나도 몰라.

내 목소리를 더 이상 듣지 못했으면 좋겠어.

"그럼 내 목소리 들을래? 난 널 사랑해. 널 열렬히 사랑한다고."

두 사람은 함께 웃었다. 아마 그 말은 사실일 것이다. 나이트클럽 앞에서 시몽은 그녀의 어깨를 팔로 감쌌고, 그녀는 기계적으로 그에게 몸을 기댔다.

두 사람은 춤을 췄다. 따뜻하고 멋진 음악이 흘러나왔다. 그녀는 시몽의 어깨에 볼을 기대고 입을 다물었다. 그리고 앞에서 빙글빙글 돌며 춤추는 사람들을 쳐다보았다. 웃으며 뒤로 젖혀지는 얼굴, 기다림에 초조해진 얼굴들, 여자들의 등에 얹은 소유욕 강한 남자들의 손, 리듬에 맡긴 몸들. 그녀는 아무것도 생각하지 않았다.

"아무 말 없는 걸 보니…… 마르크 생각해?"

그녀는 고개를 저었다.

"마르크랑은 다른 연애랑 다를 것 없어. 아무것도 과장하지 마. 인생은 흘러가니까."

"다행이지 뭐야. 인생은 흘러가고, 넌 그대로 남았잖아. 나도 남아 있고. 우린 춤추고."

"평생 춤출 거야. 우리는 춤추는 사람들이니까."

새벽녘에 두 사람은 차가운 공기 속으로 나가 몸을 떨었다. 시몽의 차는 두 사람을 시몽 집으로 안내했다. 두 사람은 아무 말도 하지 않았다. 잠을 자러 오며 그녀는 시몽의 볼에 입을 맞추고 그의 어깨 옆에 누웠다. 시몽은 불붙인 담배를 그녀의 입에 물려주었다.

해가 커튼 사이로 떠오르며 바닥에 쌓인 옷을 비추었다. 그녀는 감은 눈을 뜨지 않았다.

그녀가 차분한 목소리로 말했다. "사는 게 참 웃겨."

"뭐?"

"몰라." 그녀는 시몽 쪽으로 몸을 돌리고 모로 누워 잠이 들었다.

시몽은 잠시 동안 가만히 있다가 담배 두 개비를 끄고 잠을 청했다.

# 디바

"있잖아." 무대 커튼 자락에 기대어 박하 향이 나는 물을 마시며 그녀가 말했다. "내가 너한테 더 정성을 들이지 않는 건 네가 마음에 들지 않아서가 아니야. 오히려 널 사랑하는걸. 내 나이에 사랑할 수 있는 방법으로. 하지만……."

그녀는 빙그레 웃었다.

"그 사람 생각밖에 안 나."

"그 사람이 누군데요?"

그는 분노가 치밀어 올랐다. 그리고 다시 멋있어졌다. 미래에 대한 불안이나 돈 걱정이라는 저급한 이유 때문이라도 그의 질투는 그를 격분하게 만들고 미남으로 만들었다. 사실 그것은 그녀가 모든 애인들에게서 항상 얻어내던 것이다. 다른 말이 필요 없었다.

객석이 웅성거렸다. 오늘 밤 이탈리아에는 바람이 분다. 그리고 이 고대 극장은 구석구석이 수십 개의 조명과 수백만 와트나 되는 전기의 공격을 당하고 있었다. 과학의 발전이 과거의 영광을 되살린다나. 바보 같은 사람들은 그렇게 말했다. 그녀는 떡 벌어진 어깨를 흔들고 젊은 그에게 돌아섰다.

"2분 뒤에 내 차례야."

그는 대답하지 않았다. 그녀를 따라 이 도시 저 도시를 다닌 게 벌써 6개월이 넘는다. 그는 침대에서 그저 그렇게 그녀에게 사랑을 해주었고 그녀의 재산을 약탈했다. 그것 또한 그저 그런 수준으로. 하지만 그녀가 죽을 만큼 원망스러웠다. 무대에 오를 때면 그녀는 살과 주름 그리고 그를 내던져버린다.

베를린이든 뉴욕이든 로마든, 어둠 속에서 행복에 취한 사람들이 그녀를 기다리고 그녀의 목소리가 터져 나오기를 고대한다. 그때 그녀는 혼자가 된다. 비극적이고 달콤하게 홀로 선다. 그는 그것을 느꼈다. 거기에서 그는 세 명의 전남편이나 서른 명의 애인만큼 하찮은 존재가 되어버린다. 더욱 비참한 것은 그가 하찮은 단역보다 중요하지 않다는 점이다. 적어도 단역은 공연에라도 필요하니까.

객석은 조용해졌다. 그는 옆에 있는 화려한 살덩어리를 혐오스럽다는 듯 바라보았다. 저질. 가끔 그런 생각도 들었다. 하지만 그 몸에서 우러나오는 목소리, 음악을 사랑한다는 저 속물들을 황홀하게 만드는 그 비명이란! 아니야, 빠른 시간 내에 최대한 많이 빨아먹고 최대한 빨리 도망가야지. 비참하게 사는 건 사는 게 아니야. 아무 여자나 남자의 변덕에 놀아났다가 서른 살에 할머니의 애인이 될 수는 없지. 아무리 멋진 할머니라도 말이야!

'난 금발이잖아. 금발에 잘생겼고 남자다워. 라 카치오니는

늙었어. 그래, 바로 그거야. 늙었어. 그러니까 나한테 훨씬 더 많은 돈을 줘야 해.'

오케스트라의 연주가 나른해지자 그는 마지막 막이구나 하고 생각했다. 그녀는 무대로 나가느라 그에게서 멀어졌다가 다시 그에게로 돌아왔다. 이마가 땀으로 번들번들했다. 그녀는 사랑으로도 느끼지 못했던, 반쯤은 정신이 빠지고 반쯤은 행복에 겨운 상태였다. 그에게 몸을 기대는 그녀의 몸짓은 어린아이 같았다. 우스꽝스러울 지경이다. 그녀의 의상 담당이 박하 향이 나는 물 잔을 들고 다가왔다. 그녀는 숨도 쉬지 않고 물을 들이켰다.

"이 음악 어때?"

그녀는 번쩍거리는 화장을 한 무거운 눈꺼풀을 들어 올리고 그를 응시했다.

'그 사람은 서른밖에 안 됐다고! 날씬하고, 잘생기고, 이란의 어떤 공주라도 마다하지 않을 남자지. 어떻게 화장과 땀으로 범벅이 된 엉망진창 얼굴을 하고 감히 그에게 질문을 할 수

가 있지? 뭘 어쩌고 어째?'

"이 오페라는 몰라요." 그는 거만한 목소리로 대답했다.

그녀는 웃기 시작했다.

"지금까지 세 번만 공연했던 오페라지." 그리고 잠시 말을 멈추었다. "그리고 세 번 다 그를 봤어. 오늘도 와 있길 바라."

"도대체 누구요?"

하지만 그녀는 벌써 그의 팔을 톡톡 친 뒤 지휘자에게 다가갔다. 게다가 지휘자라는 놈은 멍청했다. 더 보고 할 것도 없는 바보 같은 인간, 그녀와 그녀의 명성을 어떻게든 이용해보려는, 도덕성이라고는 없는 인간이었다. 그녀에게도 말해주었지만 그녀는 웃고는 말했다. "음악 하는 사람이잖아." 유대인들이 같은 유대인에 대해 관대하고 영광스러운 변명을 하는 듯한 투였다.

그는 오닉스와 금으로 만든 커프스 버튼을 만지작거렸다. 가장 최근에 받은 선물이다. 그리고 시계를 들여다보았다. 예정대로라면 공연은 30분 뒤에 끝이 난다. 다행이다. 이제 오페라니, 음악이니, 천상의 듀오니 하는 것에는 진절머리가 난다. 몬테카를로에서 신 나게 저크 춤이나 췄으면! 하지만 의심 한 가닥이 무대 커튼에 달라붙은 듯 그를 멈칫하게 했다. 세 번이나 만났다는 '그 사람'은 도대체 누구일까? 30년대 만났던 미남 노총각? 전남편? 솔직히 교태 부리는 건 라 카치오니의 스타일이 아니었다. 그도 선택을 받은 것이었다. 그녀가 그를 선택했다. 그는 정도가 과해 결국 부끄러워지는 거짓 질투를 한 번도 꾸밀 필요가 없었다. 그렇다면 '그 사람'은 누구일까?

그녀는 다시 그에게 돌아왔다. 그리고 초점 없는 시선을 보냈다. 그녀는 그의 팔에 손을 얹고 아주 낮게 기침을 하고는 기다렸다. 막이 오르고 그 끔찍한 지휘자가 지휘봉을 들었다. 그의 모든 노예들, 음악의 하인들이 둔한 머리들을 바이올린 쪽으로 숙였다. 그때 그들 속에서 탄식이 새어나왔다. 그녀는 더 이상 그를 보고 있지 않았다. 그 푸르스름한 광경 쪽으로 몸을 돌려 움직이지 않았다. 어둠 속에서 하얗게 빛나는 얼굴들, 뚱뚱한 테너 가수, 삶의 끝, 여행, 영광, 운명…… 그녀의 운명 속에서 그는 결국 조연 노릇밖에 할 수 없었다. 그때 갑자기 그는 느꼈다. 그는 당황했다. 얼굴이 붉어졌다. 그는 이해한 것이다. 그 아니면 그 사람이라는 걸! 그가 그녀보다 나이가 두 배나 많다는 것, 두 배나 더 뚱뚱하다는 건 중요하지 않았다. 저기 있는 모든 사람들이 그녀를 원했다. 지구 상에 있는 백만 명의 사람이 그녀를 꿈꾸었지만 아마 로마에서 그를 꿈꾸는 여자는 한 명밖에 없을 것이다. 그것도 운이 좋다면. 그리고 분명 오늘 밤, 다른 남자, 그 미지의 남자, '그 사람'이 그녀를 기다릴 것이고, 기생충 같았던 그는 분명 쫓겨날 것이다. 힘과 아름다움, 활력을 가진 그도 결국 지루하고 약간 비싼 막간 음악이었을 뿐이다. 진정한 사랑 이야기에 분쟁을 일으키는 사람에 불과했을 뿐이다. 그는 그녀를 바라보고 화를 내보려 했다. 마치 임신한 하녀 역할을 하고 있는 느낌이었다. 그러나 이미 관객들은 끝을 기다리지 못하고 바보 같은 테너 가수에게 박수를 보냈고, 그녀를 기다리고 있었다. 그는 그걸 느꼈다. 관객이 바로 '그 사람'이었다.

"누구예요?"

"누구?"

그녀는 어둡고 검은 눈으로 그를 바라보았다. 그가 아는 무언가, 두려움과 닮은 무언가 때문에 어두워진 눈이었다.

"세 번이나 만났다는 그 사람이요."

"아, 그 사람."

그녀는 조용히 웃었다. 일종의 애틋함이 서려 있었다. 지휘자는 그녀에게 살짝 눈인사를 했다. 객석은 긴장하고 있었고, 그도 신경이 밧줄처럼 팽팽히 당겨지는 것을 느꼈다. 그녀는 웃음을 멈추고 그에게 돌아서서 손을 그의 볼에 가져갔다. 그때 잠시 그는 어머니를 다시 만났다는 느낌이 들었다. 그에게 낯설고 까다롭고 경솔하게 구는 애인이 아니라 그가 좋아하는 어머니를.

"그 사람은 고음의 C조야. 베르디 오페라 중 가장 높은 음이지. 알겠어?"

그녀는 그를 똑바로 쳐다봤다. 그는 아무런 반응도 하지 않왔다. 커프스 버튼이, 새로 산 스모킹 양복이, 가슴에 박혀 있는 진주들이, 그녀가 그에게 선물한 모든 것이 그의 얼굴을 벌겋게 달아오르게 만들었다.

"C조는 그런 거야." 그녀가 부드럽게 말했다.

그리고 눈을 감고, 아주 낮게, 아주 부드럽게 C조를 말하고 노래했다. 마치 이국적인 단어를 설명해주듯이 말이다.

"대신 30초 동안 그 음을 유지해야 해."

그녀는 머리를 다시 매만지고 옷자락을 들어 올렸다. 지휘자가 그녀를 부르고 있었다. 그녀는 숨을 들이마시고 앞으로 달려 나가며 그를 돌아보았다.

"게다가 그건 돈으로 살 수 없거든."

# 완벽한 여자의 죽음

 그녀는 싫증이 나기 시작했다. 그 장소도, 그녀의 애인도. 그러나 모두 잘나가는 장소였고 애인이었다. '스니프 클럽'과 커트. 잘생긴 커트. 하지만 좋아해봤자다. 그날 밤, 그녀는 잘생긴 남자들과 나이트클럽에 신물이 났다. 30년이 지나면 너무 뻔한 것들에는 성이 차지 않는다. 특히 '스니프'처럼 과하다 싶게 시끄럽거나 커트처럼 과하다 싶게 까다롭다면 말이다. 그래서 하품을 하자 그가 얼굴을 뚫어져라 바라보았다.

"브루노 생각해?"

그녀에게 브루노에 대해 말해선 안 되었다. 브루노는 그녀의 첫 남편이다. 유일한 남편이자 상처다. 그녀가 고의적이라 할 수 있게 잃었고, 잃어버렸다는 걸 아는 게 견딜 수 없었던 사람이다. 이제 그는 멀리 있다. 그럼에도 그의 이름은 견디기가 힘들다. 모든 걸 가진 그녀에게 말이다. 엄청난 재산, 아름다운 저택 두 채, 매력, 열 명의 애인과 이상한 삶의 취향.

"브루노는 건드리지 마."

"오, 미안. 금기라 이거지? 내가 신경을 긁었나?"

그를 돌아보는 그녀의 얼굴이 부드럽고 무방비 상태라 오히려 그가 겁이 났다. 하지만 때는 늦었다.

"신경을 긁었냐고? 맞아. '신경 긁혔어.' 널 더 이상 보고 싶지 않아, 커트."

그는 웃기 시작했다. 커트는 반응이 좀 느린 사람이다.

"날 해고하겠다는 거야? 네 집사처럼?"

"아니. 난 집사는 많이 아껴."

두 사람은 아주 잠깐 서로를 응시했다. 커트가 그녀를 치려고 손을 들어 올렸다. 하지만 그녀는 이미 자리에서 일어나 다른 사람과 춤을 추기 시작했다. 그는 한참 동안 쓸모없어진 손을 바라보다가 잔 두 개를 쓸어버리고 떠났다.

친구들이 그녀를 그들 테이블로 맞아주었다. 시간이 많이 지난 뒤에도 그녀는 춤을 추고 있었다. 새벽이 되어서야 그녀는 마지막으로 나이트클럽을 나섰다. 봄의 새벽이 그렇듯 그날도 푸르스름하고 쌀쌀한 새벽이었다. 그녀의 차가 문 앞에서 기다리고 있었다. '스니프'의 작은 사냥꾼 소년이 그녀의 아름다운 괴물을 지키고 있었다. 소년은 급사 유니폼을 입고 보닛에 기대어 잠들어 있었다. 그녀는 이내 부끄러워졌다.

"늦게까지 일을 시켰군."

"이런 차라면 하루 종일도 괜찮아요."

열다섯에서 열일곱쯤 되어 보이는 어린 문지기의 감탄이 적나라해서 그녀는 웃음을 터뜨렸다. 아이가 그녀에게 문을 열어주는 순간, 바람이 일기 시작했다. 신선하면서도 자극적인, 첫 봄바람이었다. 몸이 으슬으슬했다. 쓰러질 듯 피곤했다. 시간이 너무 늦었다. 그녀는 바보 같은 생활을 하고 있었다. 아이를 바라보니 우스꽝스러운 장교 유니폼을 입고 바람 속에서 역시 떨고 있었다. 그 시각 도시는 텅 빈 것 같았다.

"가는 데까지 태워다줄까?"

"집이 멀어요." 소년은 아쉬운 듯 차를 어루만졌다. "슈타른베르크 근처에 살거든요. 그래서 기차를 타야 해요."

그녀는 잠시 망설였다. '고속도로에서 바람이나 쐬지, 뭐. 피곤해서 잠든 아이도 불쌍하고.' 그 정도는 해줘야 할 것 같았다.

"타. 가는 방향이니까."

"마구간으로 가시는 거예요?"

맞다. 마구간, 아침의 말들, 말들의 구보, 숲 속의 안개, 브루노…… . 브루노와 헤어진 이후로 마구간엔 가본 적이 없었다.

그녀는 텅 빈 뮌헨 시내를 채 벗어나기도 전에 조금 속도를 냈다. 소년은 기뻐서 어쩔 줄 모르는 것 같았다. 그녀의 옆모습과 속도계를 번갈아 바라보며 환희에 찬 시선을 보냈다.

"저희 집 옆이에요." 소년이 말했다. "제가 좋아하는 건 차랑 말뿐이에요. 기수가 되고 싶었는데 그러기엔 너무 커버려서……. 그래서 나이트클럽에서 차를 정리해요. 속도를 얼마나 낼 수 있어요?"

이제 고속도로로 접어들었다. 나른한 몸으로 천천히 달리고 싶었지만 옆에 탄 소년의 말 때문에 선택의 여지가 없었다. 그녀는 액셀러레이터를 밟았다. 마세라티가 튀어 오르며 휘파람 같은 소리를 내더니 웅웅거리기 시작했다. 그러다가 부르릉거리며 시속 200킬로미터로 달렸다.

"200킬로미터야. 이제 만족해?"

소년은 웃음을 터뜨렸다. 광대 같은 유니폼을 입은 소년은 정말 못생겨 보였다. 유니폼 밖으로는 사춘기 소년의 큰 손이 삐져나왔다. 이브닝드레스를 입은 그녀와 변장을 한 소년. 차 안에 있는 두 사람의 모습을 누가 봤다면 희한하다 생각했을 것이다. 그녀는 손을 뻗어 라디오를 켰다. 아름다운 음악이 쭉 뻗은 고속도로처럼 미끄러져나왔다. 혹은 관자놀이를 때리는 바람처럼 쿵쾅거렸다.

"마구간에는 매일 아침 가세요?"

그녀는 브루노와 헤어진 뒤로는 한 번도 가지 않았다고 말하지 못했다. 2년쯤 되었을 것이다. 늙은 조련사 지미는 뭐라고 생각할까? 어렸을 때 말을 태워주었던 지미, 지금은 영수증과 서투르고 우울한 메모만 보내는 지미는? 그녀는 갑자기 그를 보고 싶다는 생각이 들었다. 이제 거의 다 왔다. 슈타른베르크까지 20킬로미터……

"나랑 마구간에 가볼래? 구보하는 말 보여줄게."

"와, 폐가 되지 않는다면요. 정말 이런 밤도 다 있네요."

'행복한 사람이 여기 있네. 내가 행복하게 만들어준 사람은 별로 없는데. 사랑했던 브루노도, 사랑하지 않았던 커트도, 그리고 나머지 사람들도. 하지만 이 아이는 행복해하는군. 세 시간뿐이지만 그게 어디야.'

두 사람은 호수를 돌아 옅게 낀 안개 속으로 들어갔다. 그리고 마구간에 도착했다. 문을 열어준 사람은 지미였다. 지미의 눈은 질겁해 있었다. 긴 드레스를 입은 그녀, 군인 옷을 입은 어린 문지기, 새벽 6시. 그녀는 차에서 내려 지미의 품에 안겼다. 야윈 지미의 사람 좋은 얼굴은 말을 타는 사람만이 가질 수 있는 얼굴이었다. 그녀도 알아볼 수 있었던 낡은 트위드 재킷과 밤마다 피워댄 담배가 남긴 향긋한 파이프 냄새. 묘했다.

"로라 부인." 그는 그녀의 어깨를 두드리며 말했다. "로라 부인……. 이제 오셨어요."

"지미, 아, 이쪽은…… 그러니까……."

"군터예요. 군터 브라운."

아이는 넋이 나간 모습으로 인사를 했다. 말들은 축사에서 앞발을 굴렀고 사람들은 건초를 옮겼다.

"커피 한잔하세요." 지미는 작은 사무실로 두 사람을 안내했다. 벽에는 말을 타고 있는 로라와 브루노의 사진이 걸려 있었고, 브루노의 등에 기대어 웃고 있는 로라의 사진도 있었다. 그녀는 금발 머리가 난 목덜미를 한눈에 알아보고 눈길을 돌렸다. 지미도 똑같이 했다.

"마구간은 잘 돌아가고 있나요?"

"보고서를 받으셨을 텐데요. 아주 잘 돌아가고 있죠. 지난주에 아토스가 파리에서 또 2등을 했습니다."

그녀는 지미의 대답을 듣지 않았다. 2년 전부터 그의 보고서를 보지 않았노라고 말할 수가 없었다. 그녀처럼 부자인 불쌍한 인간들과 멕시코에서 바하마를 거쳐 카프리 섬까지 돌아다니느라 그랬다고 말할 수도 없었다. 아무런 목적도 없이, 브루노를 잊기 위해서. 그리고 지금은 브루노를 잊게 되었다. 최악의 일은 그거였다.

"말이 구보하는 걸 보셔야죠. 망아지가 한 마리 있습니다. 마리크의 아들 녀석이죠. 멋진 데빌이라고 합니다."

"이런 차림으로요?"

그녀는 이브닝드레스를 보여주었다. 그녀는 더 이상 웃지 않았다. 졸음이 쏟아져 쓰러질 참이었다. 브루노와 그녀의 사진이 신경에 거슬렸다.

"구보요? 진짜로 하는 거요?"

할 수 없군. 문지기 소년은 잠에서 깨어났다. 갈망의 눈빛이 반짝였다. 대단한 밤이야!

"부인 짐은 늘 위에 있습니다. 승마복과 장화도요. 진흙에서 하는 구보를 보러 가려면 안성맞춤이죠."

지미와 소년의 눈빛은 애원에 가까웠다. 한 사람은 예순의 노인, 다른 한 사람은 열일곱의 소년이었지만 어린애 같은 두 사람의 눈빛은 언제나 그녀를 남자의 집에서 떠나지 못하게 만들었던 눈빛과 똑같았다. 어쨌든 옷을 갈아입고 구경을 한 다음 집으로 돌아가면 되었다. 그래, 그러면 되었다. 다만 위에서 장화를 당겨 신으며 잠시 멈춰야 했다. 피곤에 지쳐 심장은 벌렁거렸고 구역질이 날 것 같았다. 그러고 보면 요즘 술이 과했다.

일행은 지미의 낡은 지프를 타고 약속 장소로 향했다. 말들은 벌써 히히힝 울고 있었다. 봄이라 반쯤 잎이 떨어진 녹청색 나무를 배경으로 말 엉덩이에서는 김이 모락모락 피어올랐다. 땅을 고르게 다진 3킬로미터의 긴 경주 코스가 눈앞에 펼쳐졌다. 그녀는 모든 게 기억났다. 말에 오르기 전의 흥분, 함께 하는 출발, 전력 질주하는 말들의 우렁찬 말발굽 소리, 옆 사람과 어쩔 수 없이 부딪치게 되는 장화……. 얼굴로 날아드는 흙덩이와 두려움과 즐거움……. 그녀는 그 모든 걸 브루노와 함께했다. 그러고 보니 그리 오래전도 아니었다.

"깜짝 선물이 있습니다. 여기요. 이리로 오렴."

멋진 말이 그녀 앞에 서 있었다. 온통 까만 말을 그녀는 이내 알아보았다. 마리크의 아들 데빌이었다. 말은 그녀를 바라보았다. 어린 마부들이 일제히 그녀를 바라보았다. 지미와 소년 문지기도 그녀를 바라보았다.

"한번 타보세요. 예전처럼요." 지미가 권했다.

그녀는 겁이 났다. 무섭도록 겁이 났다. 그들은 아무것도 몰랐다. 술 마시며 보낸 밤들, 온갖 어리석은 짓들을. 새벽의 피로와 그녀의 손과 뼈가 덜덜 떨리는 것도 몰랐다. 억울했다. 그녀는 중얼거렸다.

"말 안 탄 지 2년이나 됐어요, 지미."

"데빌이 감을 되찾아줄 겁니다."

그는 웃었다. 아, 남자들이란. 남자들이야 힘도 있고 균형도 잘 잡지만……. 하지만 그들에게는 거절할 수 없는 눈빛도 있었다. 벌써 넋이 나간 문지기의 감탄, 지미의 변하지 않는 믿음. 그녀는 데빌에게 한 걸음 다가서서 목덜미에 손을 가져갔다. 마치 둘 사이에 약속이라도 된 듯 말의 떨림을 느꼈다. 지미가 두 손을 뻗었고 그녀는 다시 안장 위에 걸터앉았다. 심장이 터질 듯 뛰었다. 지미의 말이 안 들릴 정도였다.

"정면으로…… 좋습니다. 출발!"

말들이 출발했다. 아침의 바람 속에 마침내 해방되었다. 그녀는 이내 모든 게 잘못될 거라는 걸 알았다. 100미터, 200미터, 그리고 흙덩이가 얼굴에 날아들었다. 그녀는 최후의 인사를 하는 흙에 감사할 지경이었다. 그리고 세상의 종말을 알리는 것 같은 소리를 들으며 정신을 잃었다. 안장에서 서서히 미끄러진 그녀의 이마 한가운데를 데빌이 뒷발로 걷어찼다.

# 낚시 시합

 그해 봄, 우리는 노르망디에 있는 내 화려한 저택에서 지냈다. 집은 홍수가 나고 2년 뒤에 지붕 수리 공사를 한 덕분에 더욱 멋있어진 참이었다. 들보 밑에 대놓았던 물받이 통도 하루아침에 사라졌고, 밤에 잠이 든 우리의 보송한 피부에 차가운 물방울이 떨어지는 일도 없었다. 발로 밟으면 스펀지처럼 꾸욱 들어가던 축축한 카펫도 사라지자 우리는 신이 났다. 우리는 짙은 붉은색이었다가 칙칙한 갈색 그리고 다시 회갈색으로 변한 창 덧문도 다시 칠하기로 했다. 덧문은 비스듬하게 기울어져 절망에 빠진 깃발처럼 매달려 있었다. 이 사치스러운 결정은 심리적으로나 육체적으로나 헤아릴 수 없는 결과를 낳았다.

그 결과는 다음과 같다.

국내에서 제대로 된 도장공에게 보잘것없는 덧문 고작 십여 개를 단 이틀 만에 칠해달라고 그의 작업반과 함께 내려오라고 하는 건 당연히 말이 안 되는 처사였다. 우리 친구의 친구(내가 '우리'라고 하는 건 매우 폐쇄적인 클럽을 형성하는 우리 집 손님들, 그중에서도 실용적인 정신의 소유자들을 말한다)가 엄청나게 똑똑하고 기술도 뛰어난 유고슬라비아 도장공을 알고 있었다. 고향에서 정치적 불안정을 겪고 나서는 그럴 일이 없는 프랑스에서 '그걸로' 먹고산다고 했다. 간단히 말하면 그는 경제적이면서도 — 프랑스 사람들이 그런 상황을 이용한다는 건 누구나 아는 사실이었다 — 도덕적인 해결책이었다. 요즘 야스코(도장공의 이름)의 경제 사정이 썩 좋지 않았기 때문이다. 야스코

만세! 결국 야스코가 역시 페인트를 칠하는 친구와 함께 내려오기로 했다. 파리 생활에 싫증 난 그의 젊은 아내도 동행한다고 했다. 그렇게 해서 도착한 세 사람은 매력적이고 수다가 많고 텔레비전에 푹 빠진 사람들이었다. 한마디로 재미있는 손님들이었다. 덧문은 서두름 없이 천천히 멋진 모습을 찾아갔다.

운명의 그날, 왜 하필이면 낚시에 관한 얘기가 툭 튀어나왔는지 모르겠다. 3주 동안 교양을 유지하고 있었는데 말이다. 야스코는 원래 낚시꾼이었다. 유고슬라비아에서 즐겼던 낚시에 대해 인상적인 추억을 간직하고 있었다. 나도 열 살 때 할머니의 강에서 잉어 세 마리를 잡았고, 놀라운 우연으로 생트로페 만에서 옥돔을 잡았기에 술이 거나했던 밤, 던질낚시, 플라이 낚시 등등에 대해 신 나게 수다를 떨었다. 우리는 점점 더 흥분했다. 작가 친구인 프랑크 베르나르는 평소엔 뱅자맹 콩스탕이나 사르트르를 인용했지만 갑자기 고등학생 시절 송어를 잡았던 걸 기억해냈다. 거두절미하고, 우리는 그렇게 다음 날 낚시 용품점으로 몰려갔다. 낚싯밥이니, 낚싯바늘이니,

납봉이니, 낚싯대니, 우리는 세상에 둘도 없이 진지하게 낚시 용품에 대해 토론을 벌였다. 우리 세 사람은 불가에 앉아서 달력에 밀물 때를 체크했다. 야스코는 밀물이 끝날 무렵에 고기를 잡아야 한다고 했다. 한 번은 우리가 도저히 나갈 수 없는 시간이었고, 또 한 번은 오전 10시 30분이었다. 우리는 오전에 나가기로 결정했다. 자정이 되자 우리는 평소와는 다르게 모두 잠을 청했다. 저마다 낚을 고기를 꿈꾸며.

　물론 우리는 노르망디가 건전하고 조용한 지역이라는 사실을 까맣게 잊고 있었다. 노르망디에서 할 수 있는 몇 안 되는 스포츠는 승마와 테니스, 널빤지 위 걷기와 바카라라는 카드놀이가 전부였다. 그것도 심장이 튼튼하다면 말이다. 우리가 아는 사람 중 아무도 낚시를 하지 않는 건 다 이유가 있어서였다. 배가 있고 허가증을 받은 낚시꾼들만 활발하게 낚시를 하는 것에도 다 이유가 있었다. 항상 생각이 짧은 게 문제다. 사실 나는 우리의 계획을 비웃은 건물 관리인 마르크 부인의 입이 떡 벌어지게 하고 싶었다. 프랑크는 헤밍웨이 콤플렉스가 있었던 것 같다.

 그날 아침, 쏟아지는 장대비 속에서 우리는 가벼운 낚싯대와 지렁이를 차에 실었다. 거기에 물고기를 담을 바구니까지 넣었으니, 참 착각도 자유다! 창문으로 낚싯대를 통과시키는 데 조금 애를 먹었는데, 그러고 보니 차가 바늘을 꽂아놓은 실타래를 닮은 것 같았다. 프랑크는 반쯤 잠들었고 나와 도장공은 한껏 신이 났다. 도착한 해변은 적대적이고 삭막하고 얼음장 같았다.

 낚싯바늘에 지렁이를 꿰는 것부터가 쉽지 않았다. 프랑크는 간이 좁아서 그런 일을 견디지 못한다고 했다. 그리고 나는 낚싯밥 하나 제대로 낄 줄 모르는 바보 같고 서투른 여자처럼 굴었다. 그 모든 걸 해결한 건 야스코였다. 그는 엄숙하게 팔을 들어 올리더니 낚싯대를 던졌다. 우리는 집중해서 그를 관찰했다. 그의 기술을 빨리 배우려는 속셈이었다(이미 말했던 것 같지만 내가 옥돔을 잡았던 기억은 정확하지 않다). 휘파람 소리가 나더니 낚싯바늘이 프랑크의 발밑에 떨어졌다. 야스코는 유고슬라비아 낚싯대에 대해 뭐라고 구시렁대더니 ― 아마도 프랑스제보다 유고슬라비아제가 나은 모양이다 ― 똑같은 동작을 반복했다. 프랑크가 낚싯바늘을 줍기 위해 얌전하게 몸을 숙였을 때, 야스코가 갑자기 움직이는 바람에 낚싯바늘이 프랑크의 엄지손가락에 쑥 박히고 말았다. 프랑크 입에서 거친 육두문자가 튀어나왔다. 나는 서둘러 낚싯바늘과 낚싯밥을 불쌍한 손가락에서 떼어내고 가지고 있던 손수건으로 지혈을 해주었다. 그 뒤 우리의 소란스러운 팬터마임이 5분 동안 이어졌다. 낚싯대가 머리 위로 날아다녔고, 빌어먹을 낚싯줄을 물속에 던져 넣으려 했지만 실패했고, 미친 듯이 줄을 감아 다시 던져 넣었다. 말하자면 우리는 세 명의 미치광이 같았다.

우리가 그 스포츠를 위해 신발을 모두 벗고 있었으며 바지를 조심스럽게 접어 올린 다음 신발, 양말, 시계까지 모아 우리가 서 있던 곳 뒤에 쌓아두었던 사실도 덧붙이자. 밀물 시간에 대해서 확신했고 영불 해협이 배신하리라고는 꿈에도 생각하지 못했기에 우리는 무사태평으로 진흙 속을 즐겁게 누비고 다녔다. 큰일이 벌어진 걸 가장 먼저 눈치 챈 사람은 프랑크였다. 그의 오른쪽 신발이 그를 지나쳐 둥둥 떠가더니 바다로 떠내려가고 말았던 것이다. 프랑크는 욕설을 퍼부으며 신발을 쫓아 뛰었지만 그 사이에 왼쪽 신발마저 파도에 떠내려가고 말았다. 야스코의 양말과 함께. 그때의 공포는 형언할 수 없을 지경이었다. 우리는 재빨리 낚싯대를 손에서 놓고 떠내려가는 물건들을 쫓아 뛰기 시작했다. 그러자 낚싯대도 파도에 몸을 싣고 떠내려가는 것이 아닌가. 주인 잃은 낚싯밥들도 아무런 제약 없이 십여 분 정도 둥실둥실 떠다니더니 이내 사라지고 말았다. 우리는 신발 한 짝과 양말 두 개, 안경 한 개, 담배 한 갑, 낚싯대 한 개를 잃어버렸다. 낚싯대 두 개는 낚싯줄이 뒤엉켜버렸다. 빗줄기가 더 강해졌다. 위풍당당하게 해변에 도달한 게 고작 25분 전이었는데 이제 우리는 맨발 신세에, 부상까지 입고 물에 빠진 생쥐 꼴로 넋이 나간 상태였다. 야스코는 우리가 쳐다보자 당황하더니 낚싯줄을 풀어보려 안간힘을 썼다. 프랑크는 조소라도 하듯 조금 떨어진 곳에 아무

말 없이 주저앉았다. 가끔씩 엄지손가락을 빨거나 차가운 맨발을 손으로 감싸 쥐었다. 나는 멀쩡한 낚싯밥을 구해보려고 했다. 몸이 으슬으슬 떨렸다.

"이거면 충분한 것 같아." 갑자기 프랑크가 입을 열었다.

그는 자리에서 일어나더니 다리를 저는지라 더욱 대단해 보이는 경건함으로 차까지 걸어가 차 안에 털썩 주저앉았다. 나도 그를 따라갔다. 야스코는 낚싯대 두 개를 주우며 유고슬라비아의 해변은 낚시에 제격이라느니, 밀물 하면 지중해라느니 하며 알 수 없는 헛소리를 중얼거렸다. 차에서는 물에 젖은 개 냄새가 났다. 여자 관리인이 아무 말도 하지 않는 걸 보니 평소 쾌활했던 우리의 얼굴이 얼마나 망가졌는지 알 수 있었다.

그 뒤에는 한 번도 노르망디에서 낚시를 해본 적이 없다. 야스코는 덧문을 다 칠하고 사라져버렸고, 프랑크는 새 양말 한 켤레를 샀다. 우리는 스포츠와는 절대 친해지지 않을 것이다.

## 슬리퍼 신은 죽음

　루크는 깔끔하게 면도를 마쳤다. 면도를 하면서 한 군데도 베지 않았다. 그는 사랑스러운 아내 패니가 프랑스에서 사다 준 우아한 베이지색 린넨 정장 차림으로 컨버터블 폰티액을 몰고 원더 시스터스 스튜디오로 향했다. 웬일인지 이가 좀 아팠지만 휘파람을 불었다.
　루크 해머가 루크 해머 역을 연기한 지 이제 10년이 되었다. 다시 말하면 훌륭한 조연, 유럽 출신의 부인에게 충실한 남편,

세 아이의 좋은 아빠, 성실한 납세자 그리고 이따금 좋은 술친구가 된 지 10년째다. 그는 수영을 할 줄 알고, 술을 마시고, 춤도 출 줄 안다. 사과도 잘 하고, 사랑도 할 줄 알며, 결정적인 순간에 도망을 가거나 선택하고, 취하고, 받아들일 줄도 안다. 이제 막 불혹의 나이가 된 그가 텔레비전에 출연할 때마다 시청자의 호평이 쏟아진다. 그래서 그는 그날 아침 편안한 마음으로 비벌리 힐스로 향했던 것이다. 그의 에이전트가 말한, 원더 시스터스의 사장인 마이크 헨리가 줄 가능성이 높은 역할을 향해 정확하게 나아가고 있었다. 그는 제대로 된 약속을 잡은 상태였고, 제대로 된 인생도 살고 있었으며 건강에도 문제가 없었다. 선셋 대로의 큰 교차로에서 아침에 주로 피우는 박하맛 담배에 불을 붙일까 말까 고민했다. 하늘과 땅, 태양과 광고들이 그를 도와주는 듯 보였기 때문이다. 아이들과 아내, 10년 전 작심하고 루크 해머라는 기독교적인 이름과 함께 선택했던 저택과 정원에 케첩과 스테이크, 비행기 표를 계속해서 제공할 수 있도록 말이다. 담배 한 개비가 1975년 모든 신문에서 떠들던 그 끔찍하고 제지할 수 없는 병을 그의 몸속에 유발시킬까? 혹시 그 담배 한 개비가 의사도 모르고, 그 자신조차 모르는 물병의 물을 넘치게 하는 마지막 물방울이 아닐까, 하는 생각이 들자 그는 잠시 놀랐다. 참 독창적인 생각이었기 때문이다. 그는 독창적인 아이디어와는 친하지 않은 사람이었다. 루크 해머는 타고난 몸과 안정적인 삶을 누렸지만 의외로 겸손한 남자였다. 심지어는 오랫동안 콤플렉스를 갖고 있었고, 스스로 못났다고 믿었다. 그러던 어느 날, 어떤 정신과 의사가 바보였는지, 미쳐서 그랬는지, 아니면 정직해서 그랬는지 그에게 아주 건강하다고 말해주었다. 롤랜드라는 의사였다. 그는 알코올중독자였다. 루크는 그 기억을 떠올리며 웃었고, 거의 무의식적으로 방금 붙인 담배를 창밖으로 던졌다. 아내가 그런 모습을 보지 못하는 게 안타까웠다. 패니는 술과 담배 그리고 물론 사랑에 조심하라고 잔소리를 하는 데 많은 시간을 보낸다. 육체적 사랑이 부부 관계에서 거의 금지되다시피 한 건 루크, 아니 패니의 주치의가 그에게서 빈맥의 초기 증상을 발견한 뒤부터였다. 위험한 수준은 아니지만, 예를 들면 서부영화나 앞으로 그가 계속해서 찍게 될 멋진 말을 타는 장면을 촬영할 때에는 문제가 될 수도 있었다. 사실 루크는 그런 금지 명령, 일종의 감정적, 감각적 금욕 명령이 달갑지 않았다. 그런데도 패니는 자꾸 고집을 부렸다. 패니는 부부가 사랑하는 사이, 열렬히 사랑하는 사이라고 몇 번이나 말하고 설명했지만 그녀가 그런 말을 할 때 루크는 황홀하면서도 의심이 가는 일종의 기억상실이 뇌를 침범하는 것 같았다. 패니는 그의 나이쯤 되면 포기하는 일도 있어야 하고, 무엇보다 토미, 아서, 캐빈의 아버지 노릇을 해야 한다고 말했다. 아이들은 잘 몰라도 살아가는 데 아버지가 필요하니까 말이다. 루크의 심장은 매일같이 규칙적으로 뛰었다. 고전적이고 시간을 잘 지키며 충실한 작은 전자 장치처럼 말이다. 그의 심장은 더 이상 배곯고 욕심이 많으며 기운을 잃고 비틀거리는 짐승이 아니었다. 땀에 흠뻑 젖은 담요를 갈며 항복의 나팔을 불고 두려움과 행복을 오가는 짐승이 아니었다. 그의 심장은 평화로운 동맥에 평화롭게 혈액을 내보내는 수단에 불과했다. 여름, 어떤 도시에 가면 볼 수 있는 어떤 대로처럼 평화로웠다.

물론 패니의 말이 맞다. 그날 아침 루크도 그가 다른 사람이 아닌 그 자신이라는 사실에 특별히 행복했다. 카메라 렌즈 앞에서 말을 타고 달릴 수 있어서, 수 킬로미터를 굽이굽이 달릴 수 있어서, 작렬하는 태양 아래에서 25도 경사진 길을 오를 수 있어서 좋았다. 또 유행이니만큼 그가 원한다면 여자 스타 배우 옆에서, 그리고 그 못지않게 얼어붙은 50여 명의 스태프 앞에서 오르가슴을 흉내 낼 수 있어서 행복했다. 기쁘기까지 했다.

이제 몇 블럭밖에 남지 않았다. 그다음에는 우회전을 하고, 다시 좌회전을 한 다음에 큰 마당으로 들어서면 되었다. 폰티액을 지미에게 맡길 것이고 의식처럼 해왔던 예의 그 농담들을 다 하고 나면 매니저가 준비한 계약서에 헨리와 서명할 것이다. 물론 조연이다. 아주 훌륭한 조연. 그가 특별한 비밀을 갖고 있다고 사람들이 말하는 조연이었다. 생각해보면 이상한 표현이다. 비밀이랄 것까지 없는 역에 늘 비밀을 갖는다니.

그는 손을 내밀다가 감탄했다. 손톱 정리가 잘되어 있고 깨끗하며 단정하고 적당히 그을린 남자다운 손을 보고 감탄하는 스스로에게 놀랐다. 그리고 패니에게 감사했다. 패니 덕분에 머리와 손톱을 손질해주는 사람이 이틀 전에 들렀고, 역시 그녀 덕분에 머리가 길지도 짧지도 않은 완벽한 길이로 균형이 잡혔다. 어쩌면 그는 생각이 좀 짧은지도 모르겠다.

 이 생각에 그는 큰 충격에 빠졌다. 마치 독이나 무슨 LSD, 혹은 청산가리가 루크 해머의 혈관 속에 한꺼번에 퍼지는 것 같았다. '짧은 생각. 내가 생각이 짧은가?' 그는 마치 가격을 당한 사람처럼 기계적으로 차를 오른쪽에 대고 시동을 껐다. 생각이 짧다는 게 무슨 말일까? 그를 아는 사람 중에는 똑똑한 사람들도 있었다. 지식인들도 있었고 작가들도 있었다. 그들은 루크를 자랑스러워했다. 그러나 짧은 생각이라는 말이 미간 사이에 박혀버린 것 같았고, 20년 전 해군에 복무하고 있을 때 호놀룰루의 해안에서 여자 친구가 가장 친한 친구의 품에 안겨 있는 걸 봤을 때와 정확하게 똑같은 기분이 들었다.

그때 그의 질투는 정확히 같은 장소에 같은 강도로 자리했다. 그는 자기 모습을 '보고' 싶었고, 익숙한 동작으로 백미러를 내려서 자신의 모습을 쳐다보았다. 거울에 비친 모습은 그가 맞았다. 그는 잘생겼고 남성미가 넘쳤다. 눈에 빨갛게 일어난 실핏줄은 전날 저녁 취침 전에 한두 잔 더 마신 맥주 때문이라는 걸 그는 알고 있었다. 로스앤젤레스의 내리쬐는 태양 아래에서 하늘색 와이셔츠와 흰색에 가까운 베이지색 정장을 입고, 여러 가지 색실로 만든 넥타이를 매고, 반쯤은 바다 덕분에, 또 나머지 반쯤은 패니가 발견한 놀라운 기계 덕분에 가볍게 탄 피부를 가진 그는 그야말로 건강과 균형의 상징이었고, 그도 그 사실을 알고 있었다.

그런데 이 길가에 바보처럼 서서 뭘 하고 있는 걸까? 왜 시동을 걸지 못하는 걸까? 갑자기 땀을 흘리고 목이 마르고 겁이 나는 이유는 무엇일까? 자동차에 가로누워 멋진 양복을 다 구기고 주먹을 깨물고 싶은 마음이 드는 것은 왜일까? (입에서 피가 뿜어져 나올 정도로 깨물어서 타당한 이유, 적어도 분명한 이유로 아프다는 느낌을 갖고 싶은 이유는 무엇일까?) 그는 손을 뻗어 라디오를 켰다. 여자의 노랫소리가 흘러나왔다. 흑인 여자인 것 같았다. 그녀의 목소리에 그를 진정시키는 뭔가가 있는 걸 보니 흑인이 맞는 것 같았다. 그는 흑인 여자들이, 그러니까 감미로우면서도 허스키한 흑인 여자들의 목소리가 정신적으로 안도감을 준다는 것을 경험상으로 알고 있었다. 천만다행으로 흑인 여자들과는 육체적 관계를 맺어본 적이 한 번도 없었기 때문이다(인종을 차별해서가 아니라 인종차별이 아예 없었기에). 이상하게도 고독감도 줬다. 흑인 여자의 목소리가 그를 바꾸었다. 당연한 일이지만. 패니와 아이들과 함께하는 그는 외로운 남자와는 거리가 멀었다. 그러나 그 목소리에는 그의 내면에 잠재된 사춘기 소년의 감정 그리고 실망감, 버림받았다는 느낌, 두려움이 다시 한 번 뒤섞인 감정을 깨우는 그 무언가가 있었다. 여자는 약간 흘러간 노래, 유행이 지난 노래를 부르고 있었고, 루크는 공포에 가까운 불안한 마음으로 가사를 기억해내려 하는 자신에 대해 놀랐다. 알코올중독 정신과 의사에게 다시 찾아가는 게 좋을지도 모르겠다. 기왕에 제대로 된 검진을 해보는 것도 좋을지 몰랐다. 마지막으로 검진을 했을 때가 석 달 전이었다. 패니도 정말 조심해야 한다고 말하던 참이었다. 아슬아슬한 줄타기 인생, 경쟁, 그의 직업에서 오는 긴장감이 헛된 것은 아니었다. 그렇다, 심전도를 찍으러 가봐야겠다. 하지만 그 전에 자동차 시동부터 걸어야 했다. 루크 해머가 다시 작동하도록 하고, 조연, 그의 쌍둥이, 그 자신, 아니 그도 더 이상 누구인지 모를 사람을 강제로라도 다시 작동시켜야 했다. 그리고 모든 걸 스튜디오로 데려가야 했다. 스튜디오는 거기서 멀지도 않았다.

"What are you listening to?(무엇을 듣고 있어요?)" 라디오에서 여자가 노래하고 있었다. "Who are you looking for?(누굴 찾고 있어요?)" 아, 그다음 가사는 도저히 기억날 것 같지 않았다. 가사를 떠올려 여자보다 앞서 불렀으면 했다. 오직 라디오를 끌 수 있기 위해서 말이다. 그러나 기억이 나질 않았다. 노래를 불러본 적이 있다는 것과 가사를 외웠다는 건 알고 있었다. 하지만 그는 더 이상 열두 살이 아니었다. 옛 블루스 가사 때문에 길가에서 오도 가도 못할 스타일이 아니었다. 더구나 중요한 계약을 하러 가는 중이었다. 늦으면 아무리 조연이라고 해도 할리우드에서는 밉보일 것이다.

그가 느끼기에는 엄청난 노력을 기울여 다시 팔을 뻗었다. 라디오를 꺼서, 노래하는 여자를, 약간 정신이 나간 상태에서 그의 어머니나 아내, 정부, 딸이 될 수 있었을지도 모른다고 생각한 여자를 '죽이고' 싶었다. 그리고 똑같은 노력을 들여서 온몸이 흠뻑 젖었다는 걸 깨달았다. 그의 멋진 베이지색 정장, 커프스 그리고 그의 손은 끔찍한 땀으로 완전히 뒤덮였다. 그는 실질적으로 숨이 끊어졌다. 그 사실을 한순간에 깨달았다. 그리고 아무런 감정도, 심지어 아무런 육체적 고통도 느끼지 못한다는 사실에 놀랐다. 여자는 계속해서 노래를 불러대고 있었다. 그의 남자답고 손질이 잘된 손이 그의 뜻과는 달리 무릎으로 툭 떨어졌다. 불안함 없는 꿈처럼 그는 피할 수 없는 죽음을 기다렸다.

"여보세요! 여보세요! 미안합니다."

누군가가 그에게 말을 하려고 했다. 이 지구 상에 루크 해머를 위해서 뭔가 노력하는 사람이 아직 남아 있었다. 그러나 매너 있고 언제나 밝은 루크는 고개를 돌릴 용기가 나지 않았다. 누군가가 한 걸음 다가왔다. 아주 탄력 있는 발걸음이었다. 이상했다. 죽음이 슬리퍼라도 신은 걸까? 그리고 갑자기 아주 까만 머리를 한, 붉고 네모난 얼굴이 옆에 나타났다. 이어서 어떤 목소리가 아주 크게 말했다. 그에게는 그렇게 들렸다. 어쨌든 라디오에서 나오는 낯설면서도 친숙한 여자의 목소리를 덮을 정도였다.

루크는 마침내 목소리를 들었다.

"미안합니다. 여기 주차하신 걸 보지 못했네요. 베고니아 때문에 스프링클러가 돌아가버렸습니다. 다 젖었죠?"

"괜찮습니다." 루크는 잠시 눈을 감았다. 남자에게서 마늘 냄새가 났기 때문이다. "괜찮습니다. 시원하고 좋네요. 그러니까 스프링클러가……."

"네." 남자는 마늘 냄새를 풀풀 풍기며 말했다. "새 기계거든요. 말도 못하게 강력한 회전날개죠. 집에서 작동시킬 수가 있어요. 이곳에는 워낙 지나다니는 사람이 없어서 저도 걱정을 안 했고요."

그는 루크의 젖은 정장을 쳐다보더니 두말할 나위 없이 점잖은 사람인가 보다 했다. 물론 루크를 알아보지는 못했다. 사람들은 그를 단번에 알아보지 못한다. 그 영화에서 그 역할 했던 사람이잖아 하고 말해주고 난 '뒤에야' 알아본다. 패니는 왜 그를 '뒤에야' 알아보는지 사람들에게 아주 잘 설명했다.

"어쨌든 미안합니다. 그런데 여기서 대체 뭐 하시는 거죠?"

루크는 그를 올려다보고 재빨리 눈을 내리 깔았다. 부끄러웠다. 왜 부끄러운지는 몰랐다.

"별일 아닙니다. 담뱃불 좀 붙이려고 멈춘 겁니다. 여기 옆에 스튜디오에 가는 중이거든요. 운전 중에 담뱃불을 붙이면 위험하잖습니까. 그럼 한심하잖아요. 제 말은……."

그러자 마늘 냄새 풍기는 남자는 한 걸음 뒤로 물러서더니 웃기 시작했다.

"하하! 담뱃불 붙이는 거랑 물세례 받는 게 살면서 부딪히는 유일한 위험이란 말입니까? 삶이 참 편안한 모양이군요. 어쨌든 다시 한 번 미안합니다."

그러더니 남자는 루크의 어깨가 아니라 자동차를 크게 두드리더니 가버렸다. 음흉하고 나쁜, 고집스러운 웃음이 루크에게 밀려들었다. '나는 더 이상 아무것도 하지 않아. 사랑조차도 하지 않고 죽을 능력도 없어. 하지만 정원 스프링클러 덕분에 죽음의 문턱에 왔다고 믿었지. 이제는 할리우드에서 카우보이 조수 역할을 찾으며 물에 흠뻑 젖은 신세군. 나보다 웃긴 코미디언이 있을까.'

하지만 그 순간 백미러를 마지막으로 바라본 그는 그의 눈에 눈물이 가득 고인 것을 보았다. 흑인인지 백인인지 모를 그 여자가 부르던 노래 가사가 생각났다. 그는 그가 돌이킬 수 없을 정도로 아주 건강하다는 걸 알았다.

다섯 달 뒤, 원더 시스터스에서 지금까지 눈에 띄지 않게 출연해오던 루크 해머가 알 수 없는 이유로 콜걸의 방에서 바르비투르산 과다 투여로 사망했다. 그 이유는 아무도 모르고, 아마 루크 해머 본인도 모를 것이다. 미망인과 세 자녀가 장례식이 진행되는 동안 보여준 의연함은 감탄할 만했다.

## 왼쪽 속눈썹

　미스트랄(바람이 아니라 기차다)이 들판을 가른다. 기차가 폐쇄적이고 막혀 있어 거의 자물쇠로 잠근 것 같아 현창처럼 보이는 창문 옆에 앉은 레이디 개럿은 서른다섯이 된 지금, 믈룅에 이르기 전 센 강을 접하고 있는 소박하거나 화려한 작은 시골 마을에서 살아봤으면 하고 다시 한 번 생각했다. 시끄러운 삶을 살아온 그녀였기에 그렇게 생각하는 건 당연했다. 조용한 삶이 보드카와 현란한 음악, 퇴폐를 찾듯이, 시끄러운 삶은 조용함과 어린 시절, 진달래를 찾게 마련이므로.

레이디 개럿은 수많은 기사와 연애로 이른바 '커리어'를 쌓아왔다. 그날 센 강이 느릿느릿 흘러가는 모습을 감탄하며 바라보던 그녀는 리옹 경매사인 애인 샤를 뒤리외가 돌아오면 들려줄 말들을 준비했다. '사랑하는 샤를, 저에게는 의미가 없기에 더 달콤하고 이국적인 모험이었어요. 하지만 우리가 운명의 연인은 아니라는 사실을 인정해야겠군요.' 그러면 샤를은, 사랑하는 샤를은 얼굴을 붉히며 말을 더듬을 것이고, 그녀는 루아얄 호텔 바에서 당당하게 손을 내밀 것이다. 그는 어쩔 수 없이 그 손에 입을 맞출 것이다. 그리고 그녀는 사라질 것이다. 물결치는 사람들의 시선과 향수 냄새, 느린 음악, 추억들을 뒤로하고……. 불쌍한 샤를, 염소수염을 기르고 무척이나 헌신적이었던 사랑하는 샤를……. 게다가 잘생겼고, 남자다운, 그러니까 리옹의 경매사다운 샤를! 그도 관계가 지속될 수 없다는 건 알아차렸을 것이다. 이스트우드로 태어나 배우, 장교, 농장주, 기업인과 결혼했던 레티시아 개럿이 경매인과 살면서 얌전하게 생을 마감하리라고는 기대하지도 않았을 것이다. 그녀는 잠시 고개를 젓더니 다시 시작했다. 사실 그녀는 혼자 사는 남자도 그렇지만 혼자 사는 여자가 마음속으로 조용히 결정을 내릴 때 하는 그런 기계적인 움직임을 끔찍하게 싫어했다. 그녀는 독신들한테서만 나타나는 턱의 움직임, 미간 찌푸리기, 단호한 손동작을 무수히 보아왔다. 그것은 정신 상태나 사회 계층과는 상관없이 나타났다. 레이디 개럿은 분갑을 들고 코를 중심으로 분을 발랐다. 그리고 두 테이블 멀리 있는 청년의 시선을 다시 한 번 가로챘다. 리옹 역에서 출발했을 때부터 청년은 눈빛으로 그녀가 여전히 아름답다고 확신시켜주었다. 정복할 수 없는 부드러움의 소유자, 개럿 경과 막 이혼했으면서도 그의 따뜻한 보살핌을 받는 레티시아 개럿이라는 사실을.

생각해보니 재미있기도 했다. 그녀를 그토록 사랑했던 남자들, 그녀를 자랑스러워하고 질투심을 불태웠던 남자들은 막상 그녀에게 버림받을 때는 아무도 그녀를 원망하지 않았다. 그녀는 그게 자랑스러웠지만 어쩌면 남자들은 그녀와의 불안정한 생활을 멈출 수 있다는 사실에 내심 안도했을지도 모른다. 애인 중 가장 돈이 많았던 아서 오코놀리가 말했듯이 말이다. "레티시아가 먼저 떠나면 모를까, 먼저 레티시아를 떠날 수는 없지!" 이 남자, 부자였지만 시인이기도 했다. 그는 레티시아를 가리켜 이렇게 말하고는 했다. "레티시아는 영원한 물푸레나무요, 다정함이요, 어린 시절이라!" 그리고 이 세 단어는 레티시아 다음에 나타난 아서의 여자들의 속을 늘 뒤집어놓았다.

메뉴는 푸짐했다. 레이디 개럿은 무관심한 듯 손으로 메뉴를 넘겼다. 그리고 끔찍한 메뉴에 이르렀다. 레뮬라드 소스를 묻힌 셀러리, 역사적인 넙치, 혁명적인 고기구이, 튀긴 감자, 대충 만든 치즈, 바닐라 파스타 폭탄이 한 식단에 다 들어 있지 뭔가. 이상하게도 기차에서는 모든 메뉴가 반은 올리비에, 반은 미슐레 같다. 레이디 개럿은 앞으로는 교수형에 처한 넙치나 그런 비슷한 바보 같은 걸 보겠구나 싶어 잠깐 웃었다. 그리고 맞은편에 앉은 노부인에게 그렇지 않느냐고 묻는 눈길을 주었다. 노부인은 한눈에 보기에도 리웅이 고향인 사람 같았다. 상냥하고 조금은 불편한 듯 보이는 점잖은 부인이었다. 레티시아가 부인에게 메뉴를 건네자 부인은 고개를 끄덕이며 웃더니 메뉴를 다시 레티시아에게 돌려주었다. 지나치게 상냥하면서도 조심스러운 부인의 태도는 레티시아가 그 오랜 세월에도 불구하고 여전히 전형적인 영국인의 태를 벗지 못했음을 깨닫게 만들었다.

"먼저 보세요, 먼저……." 부인이 말했다.

"아니에요, 저는……. 이러지 마세요." 레티시아는 작은 목소리로 말했다. (그녀는 이럴 때면 영어 악센트가 더 강해지는 걸 느꼈다.) "아닙니다. 그나저나 멜론이 맛있을까?" '……요?' 자동적으로 생각이 났지만 이미 늦었다.

앞에 앉은 부인의 입술에는 이미 외국인의 말실수를 너그럽게 받아들이겠다는 웃음이 번져 있었고, 레티시아는 실수를 바로잡을 용기가 나지 않았다. 기분이 나빴지만 그런 일로 짜증을 내는 건 어리석은 일이고, 세 시간 뒤에 샤를에게 어떻게 말을 꺼낼까 고민하는 게 더 낫다는 생각이 들었다. 문법은 사랑에 관한 말을 할 때 전혀 중요하지 않다. 프랑스어를 꽤 오랫동안 사용해온 그녀가 할 수 있는 말은 끝맺는 말에 따라 문장의 뜻이 완전히 달라질 수 있다는 것 정도였다. 예를 들어 '당신을 많이 사랑해요'와 '당신을 많이 사랑했어요' 그리고 '당신을 영원히 사랑할 거예요'와 '당신을 영원히 사랑하려고요' 사이에는 서로 다른 사랑의 세계가 존재한다. 그 이해할 수 없는 사랑의 세계를 레티시아도 감정적으로나 문법적으로나 해결하기 힘들었다.

기차는 정말 미친 듯이 빠른 속도로 달리고 있었다. 레티시아는 앞으로 한 시간 동안 그녀의 운명이 될 플랑베 스테이크, 머리를 잘라낸 가자미 요리, 안전핀 뽑은 수류탄 모양의 디저트가 나오기 전에 화장을 고치고, 손을 씻고, 머리를 빗는 게 객실 전체에 일종의 선행을 베풀거나 예의를 갖추는 일이라고 느꼈다. 레티시아는 리옹 출신의 부인에게 가볍게 웃어 보인 다음, 그녀의 평소 몸가짐대로 ─ 이 기차에서는 참 허둥대는 모습으로 ─ 유리로 된 자동문으로 향했다. 그녀가 다가가자 문이 자동으로 열렸고 그녀는 왼쪽 화장실 안으로 누구에게 떠밀리기라도 한 듯 뛰어 들어갔다. 레티시아는 황급히 문을 잠갔다. 바로 이거였다. 진보, 속도, 고요! 그게 참 좋았다. 그러나 1975년에 파리에서 출발한 리옹행 열차에서 객차 하나를 가로지르려면 울퉁불퉁한 근육과 티롤 여자 같은 몸놀림과 곡예사만큼 날카로운 눈을 가지고 있어야 했다. 레티시아는 갑자기 우주 비행사들이 생각났다. 겉으로 보기에는 아무런 흔들림도 없이 달에 착륙한 우주 비행사들은 옷을 갈아입을 필요도 없이 지구로 돌아와 곧바로 바다에 착륙했고, 신이 난 해군들이 곧바로 그들을 바다에서 꺼내주었다. 그러나 기차가 도착했을 때 신이 난 해군들 대신 레티시아를 기다리고 있는 것은 질투심에 사로잡힌 우울한 경매사였다. 물론 그는 그럴 만도 하다. 어쨌든 레티시아가 불편을 감수하고 이렇게 황급히 여행을 하는 이유는 오로지 그와 결별하기 위해서

였으니 말이다.

 소독약 냄새가 지독한, 카키색의 기괴스러운 화장실은 그래도 여기저기 천들과 꽃, 벌써 유행에 뒤처졌지만 현대적인 분위기로 상큼하게 보이려고 노력한 객실보다 끔찍했다. 레티시아는 둥그런 세면대의 수도꼭지를 한 손으로 꽉 쥐고 가방을 열려고 했다. 가방에서는 물건이 쏟아지려 했다. 기차가 디종에 도착했기 때문이다. 브레이크가 작동하면서 기차가 멈추려 하자 레티시아의 가방은 주인을 따르느냐, 아니면 패러데이 법칙을 따르느냐 하는 두 운명의 갈림길에 놓였다. 상반된 움직임 사이에 놓인 레티시아의 가방은 결국 툭 찢어졌고 안에 들었던 물건들이 바닥으로 쏟아졌다. 레티시아는 바닥에 엎드려 물건을 주워 담았다. 그러는 사이 세면대를 비롯해서 여러 곳에 머리를 찧었다. 그녀는 여기저기 흩어진 립스틱이며 수표책, 분첩이며 지폐들을 주웠다. 이마에 땀이 송골송골 맺힌 채 자리에서 일어났을 때에는 기차가 이미 디종 역에 멈춰 선 상태였다. 운이 좋다면 마르셀 마르소의 팬터마임

꼴을 하지 않아도 2, 3분 정도 조용하게 마스카라를 다시 바를 시간이 될 것 같았다.

역시나 마스카라는 가방에서 튀어나가지 않은 유일한 물건이었고, 레티시아는 10초 정도 부산하게 뒤진 다음에야 마스카라를 손에 넣을 수 있었다. 그녀는 왼쪽 속눈썹부터 칠하기 시작했다. 왼쪽 눈은 그녀가 더 마음에 들어 하는 눈이었다. 이유는 알 수 없지만 그녀의 애인이면 애인, 남편이면 남편, 모두가 오른쪽 눈보다 왼쪽 눈을 더 좋아했고, 그렇다고 말했다. "오른쪽보다 더 은은해 보여."

레티시아도 오른쪽보다 왼쪽이 더 낫다는 사실을 늘 상냥하고 온화하게 받아들였다. 생각해보면 참 웃긴 것이다, 사람들이 자신을 어떻게 바라보는가 하는 것은. 그녀의 손바닥으로 불두덩이 튀어나왔다고, 말하자면 그녀가 관능적이라고 가르쳐주는 남자는 늘 그녀의 욕정을 차갑게 식히는 남자였다. 그녀의 성격이 밝다고 말해주는 남자는 늘 심심한 남자였다. 더 비참한 것은, 그녀에게 이기주의자라고 욕을 한 남자는 늘 그녀가 사랑했던 남자였다는 사실이다.

 기차가 심하게 덜컹거리며 출발하는 바람에 레티시아가 비틀거렸고, 그 바람에 볼에는 마스카라가 위아래로 검은 칼자국을 냈다. 레티시아는 속으로 욕을 했다. 영어로. 그러다가 곧 후회했다. 어쨌든 이제 그녀는 프랑스 애인을 만나 그에게 이별을 고할 테니까. 레이디 개럿은 세계 곳곳을 돌아다닌 탓에 애인들이 구사했던 언어로 생각하는 버릇이 들었다. 심지어 괴로워할 때도 그들의 모국어로 생각했다. 그래서 그녀는 영어로 했던 욕을 같은 뜻의 프랑스어 욕으로 바꿔 큰 소리로 말했다. 그리고 마스카라를 닫아 가방 속에 넣고 리옹 출신의 부인이 한쪽 눈썹에만 마스카라를 칠한 여자를 마주하고 견디게 만들기로 마음먹었다. 그녀는 머리를 가볍게 빗고 화장실을 나서려 했다.


 애를 썼지만 도무지 말을 듣지 않았다. 문이 열리기를 거부했다. 레티시아는 한 번 씨익 웃고 문고리를 잡고 흔들다가 문까지 흔들었다. 그리고 뭔가 잘못되었다고 인정할 수밖에 없었다. 웃음이 터졌다. 프랑스에서 가장 최신식이고 가장 빠르다는 기차가 도어 시스템에 결함이 있다니. 예닐곱 번의 시도 끝에 그녀는 왼쪽에 난 작은 현창으로 풍경은 계속 지나가고, 그녀의 가방은 꽉꽉 잘 잠겨 있고, 망할 메뉴를 먹으러 가야 하는데 이 문 하나가 그녀와 그녀의 평범한 미래 사이를 가로막고 있다는 것을 깨닫고 놀랐다.

그녀는 다시 문을 흔들어대고 쾅쾅 두드렸다. 화 같은 게 용암처럼 솟구치는 게 느껴졌다. 어린아이 같은 우스꽝스러운 화, 폐소공포증 환자의 화. 하지만 그녀는 폐소공포증 환자가 아니었다. 다행스럽게도 그녀는 현대인들이 겪는 편집증을 모두 비켜갔다. 폐소공포증, 색정증, 허언증, 마약 중독증 그리고 보잘것없음도. 적어도 그녀는 그렇게 생각했다. 그런데 갑자기 그곳에서 그녀는 자신을 발견했다. 9월의 어느 화창한 아침, 파리에서 운전사가 리옹 역까지 데려다주고, 리옹에서는 헌신적인 애인이 기다려주는 레티시아 개럿. 그런 그녀는 지금 손톱을 깨뜨리며 화를 내고, 그녀의 뜻에는 아랑곳하지 않는 강화플라스틱 문을 쾅쾅 두드리고 있었다. 이제 기차는 제대로 속도를 내고 있었고, 레티시아는 몸이 하도 흔들리는 통에 분이 조금 가라앉고 나자 최악의 시나리오를 생각하기 시작했다. 그러니까 무작정 기다려야 하나 싶었다. 그녀는 변기 뚜껑을 부끄러운 듯 내리고 그 위에 앉았다. 무릎을 구부리고 앉은 그녀의 모습은 갑자기 부끄럼 타는 숫처녀로 변했다. 남자들이 득실대는 살롱에서도 그렇게 앉지는 않을 것이다. 어쩌면 우스꽝스럽다는 느낌이었을까. 그녀는 거울에 비친 자신의 모습을 바라보았다. 정확히 말하면, 돈 가방이라도 되는 양 무릎에 포개놓은 가방, 헝클어진 머리, 한쪽만 칠한 마스카라를 힐끔 보았던 것이다. 레티시아는 갑자기 심장이 쿵쾅거려 깜짝 놀랐다. 그녀를 기다리는 가여운 샤를이나 천만다행으로 그녀를 기다리지 않았던 로렌스(샤를 전에 사귀었던 남자)를 위해서도 뛰지 않았던 심장이었다. 그래도 누군가 오겠지. 그리고 바깥쪽에서 자동으로 문을 열겠지. 하지만 승객들은 모두 점심 식사를 하는 중이었다. 프랑스 사람들은 일단 식탁에 앉으면 무슨 일이 있어도 자리를 뜨는 법이 없다. 그들은 음식, 왔다 갔다 하는 종업원들, 술병에만 신경을 쓴다. 반복되는 일상과 같은 철저한 의식이 벌어지는 동안 감히 움직이려 하는 사람은 없을 것이다. 레티시아는 변기 물을 내리는 페달을 재미로 두 번 밟았다. 그리고 여전히 바보같이, 하지만 의연하게 앉아서 오른쪽 눈과 왼쪽 눈의 균형을 맞춰보자고 결심했다. 기차의 빠른 속도가 한 십여 분 동안 그 균형을 맞출 수 있도록 해주었다. 이제 레티시아는 목이 마르고 배까지 고팠다. 소심하게 문을 다시 밀어보았지만 여전히 열리지 않았다. 자, 화를 내지 말자. 옆에, 오른쪽에, 왼쪽에 있는 사람들이나 표 검사원, 종업원 혹은 누구라도 화장실에 가야겠다고 마음만 먹으면 그녀는 다시 자리로 돌아가 리옹 출신 부인 앞에 앉아서 샤를에게 할 말을 편안하게 준비할 수 있을 것이다. 그런데 어차피 화장실에 갇혔고 거울 앞에 있으니 연습이라도 하면 어떨까? 레티시아는 프랑스철도공사가 마련한 그리 최적이라 할 수는 없는 작은 거울에 비친 그녀의 커다란 갈색 눈과 아름다운 갈색 머리를 바라보았다. 그리고 연습을 시작했다.

"샤를, 나의 사랑하는 샤를, 오늘 내가 당신에게 잔인한 말을 하는 건 내가 변덕스럽고, 뭐랄까, 한 사람에게 정착을 못하는 사람이기 때문이에요. 다른 사람의 마음을 아프게 한 것처럼 나도 평생 아팠기 때문이고요. 그리고 샤를, 당신이 다정하게 한 청혼을 내가 받아들였다면 우리 모습은 머지않아 끔찍하게 변할 거예요. 당신을 아끼기 때문에 그런 상상은 하고 싶지 않아요."

왼쪽 현창 너머로는 초록색과 금색으로 물든 언덕을 따라 황금 기둥처럼 늘어서 있는 곡식들이 보였다. 레티시아는 말을 내뱉으면서 감정도 격해지는 것을 느꼈다.

"샤를, 그렇잖아요, 당신은 파리, 리옹 그리고 나 사이를 오가며 살아요. 난 파리와 세상을 오가며 살고요. 당신이 거쳐 가는 곳은 샹베리고, 내가 머물다 가는 곳은 뉴욕이죠. 우리는 생활 리듬도 달라요. 내가 이것저것 겪은 게 많아서인지도 모르겠어요, 샤를. 난 당신에게 어울리는 젊은 여자가 아니에요."

샤를에게 젊은 여자가 어울린다는 말은 사실이었다. 샤를이 그런 것처럼 그의 여자도 다정다감하고 낙천적인 사람이어야 했다. 레티시아에게 샤를이 과분하다는 말도 사실이었다. 그녀의 눈에 갑자기 눈물이 차올랐다. 레티시아는 눈물을 스윽 훔쳤다. 그리고 우스꽝스럽게 변기에 혼자 앉아 마스카라는 번지고 입은 헤벌린 모습을 보았다. 잠시 주춤하던 웃음이 터져 나왔다. 레티시아는 눈물이 날 정도로 웃어댔다. 멈출 수도 없었고 그 이유도 몰랐다. 그녀는 노쇠한 승객들을 위해 마련한 손잡이 같은 것에 그렇게 매달려 있었다. 그녀는 엘리자베스 2세, 의회, 빅토리아 여왕 또는 보이지 않는 조용하고 놀란 군중 앞에서 소파에 앉아 거드름을 피우며 말하는 그런 스타일의 사람을 떠오르게 했다. 그때 갑자기 문손잡이가 올라갔다 내려갔다를 반복했다. 레티시아는 가방을 손에 쥐고 희망에 부풀어 도망갈 채비를 했다. 그러나 손잡이의 움직임은 멈췄고, 누군가 왔다가 화장실에 누가 있다고 믿고 그냥 가버렸다는 걸 깨닫고는 경악했다. 앞으로는 누가 오는지 잘 살

폈다가 소리를 질러야 했다. 하긴, 당장이라도 소리치면 되지 않을까? 리옹까지 가는 두 시간 동안 화장실 구석에서 지낼 수는 없지 않은가. 분명 방법이 있을 것이다. 지나가는 사람이 그녀의 비명을 들을 수도 있다. 어쨌든 곧 자동적으로 몰입하게 될 죽을 것 같은 지루함보다 우스갯거리가 되는 게 차라리 나았다. 그래서 그녀는 소리를 질렀다. 처음에는 조금 쉰 목소리로 "헬프!" 하고 외치다가 참, 프랑스지 하면서 프랑스어로 "도와줘요! 도와주세요!" 하고 날카로운 비명을 지르기 시작했다. 그러다가 무슨 영문인지 깔깔대고 웃기 시작했다. 레티시아는 다시 그 망할 변기 위에 배를 잡고 앉은 자신의 모습에 깜짝 놀랐다. 샤를과 헤어진 다음 파리에 있는 미국 병원이나 어디서 정신과 검진 같은 걸 받아보는 게 좋을지도 모르겠다. 하긴 그건 모두 레티시아 잘못이었다. 혼자 여행하는 게 아니었다. '그들이' 항상 말하지 않았던가. "혼자 다니지 마."

샤를이 전화로 애원했던 것처럼 그녀를 마중하러 나왔다면 지금 이 순간 그녀를 찾아 사방을 뛰어다니며 문이란 문은 다

두드리고 다녔을 것이다. 그리고 레티시아도 지금쯤이면 뒤바리식 가자미 요리인지 뭔지를 다정다감한 샤를의 포근한 시선을 마주하며 음미했을지도 모를 일이다. 물론 그건 샤를이 와주었을 때에나 가능한 일…….

사실 샤를은 레티시아의 명령으로 이미 리옹 페라슈 역에 와 있을 것이다. 꽃다발을 손에 들고. 그는 아름다운 연인이 들짐승처럼 리폴린을 칠한 벽 속에 갇혀 있다는 사실을 알지 못했다. 그리고 머리를 풀어 헤치고 정신이 반쯤 나간 여자가 여행을 마치고 기차에서 내리는 모습을 보게 될지도 모른다는 사실도 몰랐다. 책도 없었다. 레티시아의 가방에는 책이 한 권도 없었다. 화장실에서 읽을 수 있는 글자라고는 나갈 때 주의하라는 것과 어느 쪽 문으로 나가야 하는지 잘 찾아 가라는 것, 그리고 철길로 뛰어들지 말라는 경고문뿐이었다. 그건 재미있었다. 유머가 넘쳤다. 그러고 보니 레티시아는 이 망할 곳에서 빠져나가 철길로 뛰어들고 싶었다. 이 소독약 가득한 상자 같은 곳이나 헛웃음만 나는 사고, 10년 전부터 그 누구도 시도하지 못했던 그녀의 자유를 침해하는 일만 피할 수 있다면 뭐든지 할 수 있었다. 10년 전부터 그녀를 가둘 수 있는 사람은 아무도 없었다. 무엇보다 모두가 그녀를 무엇인가나 누군가로부터 해방시키려고 노력한 게 10년 전부터였다. 하지만 지금 그녀는 늙은 고양이처럼 혼자 남았다. 레티시아는 발로 문을 힘껏 찼지만 엄청나게 아픈 데다 새로 산 생 로랑 구두만 버렸을 뿐 아무 소용이 없었다. 그녀는 발을 잡아 쥐고서는 변기에 다시 주저앉았다. 그리고 애처로운 목소리로 "샤를! 오, 샤를!" 하고 중얼거렸다.

물론 샤를에게 단점이 없는 건 아니었다. 그는 좀스런 남자였다. 그리고 그의 어머니는 정말 고약했다. 그의 친구들도 마찬가지였다. 그 사람들보다 우울하고 못생기고 진부한 사람을 만나본 적이 없다. 하지만 만약 샤를이 있었다면 기차 안의 모든 화장실 문은 이미 오래전에 다 열렸을 것이다. 그리고 작은 사냥개 눈을 하고서 그녀를 쳐다보며 길고 넙적하고 큰 손으로 그녀의 손을 잡으며 물었을 것이다. '무섭지 않았소? 이 말도 안 되는 사고가 불쾌하지는 않았소?' 심지어는 더 빨리 대처하지 못해서 미안하다고 말할 것이다. 어쩌면 프랑스철도공사를 상대로 소송을 걸겠다고 말할지도 몰랐다. 샤를은 겉으론 신중해 보일지 몰라도 속으로는 정신이 나간 남자였으니까. 그는 조금이라도 불쾌한 일이 닥치면 참지를 못했다. 샤를은 그녀를 위해 걱정하는 그런 남자였다. 잘 생각해보면 그런 남자가 그렇게 많지는 않았다. 그녀를 염려하는 남자를 못 만나서가 아니었다. 그것 자체가 참 애매하고 말이 안 되는 소리이긴 한데, 보편적으로 남자들은 여자를 걱정할 줄 모른다. 레티시아가 아는 모든 여자들이 그렇게 말했고 사실 그들의 말이 아마 맞을 것이다. 당시 유행하는 말이긴 했지만 틀린 말은 아니었다. 예를 들어 같은 상황에서 로렌스라면 아마 그녀가 다른 남자를 만나러 디종에서 내렸을 것이라고 믿었을 것이고, 아서라면…… 아무 생각이 없었을 것이다. 아서라면 종업원에게 두세 번 물어보면서 리옹까지 줄곧 술이나 마셨을 것이다. 샤를만은, 줄무늬 넥타이를 하고 늘 조용한 모습인 샤를만은 그녀를 위해 미스트랄 전체를 뒤집어놓았을 것이다. 그렇다, 두 사람이 헤어진다는 건 정말 안타까운 일이었다. 생각해보면 그건 미친 짓이었다. 서른여섯인 레티시아는 스무 살부터 남자들, 그녀의 남자들만 챙겼다. 그들의 편집증과 그들의 이야기, 그들의 여자들과 그들의 야망, 그들의 슬픔과 그들의 바람만을 챙겼다. 그런데 지금 이 기차에서 말을 듣지 않는 손잡이 때문에 가장 기괴한 상태로 갇힌 그녀는 그녀를 구해줄 수 있는 남자만을 생각했다. 그리고 바로 그 남자에게 ─ 그녀는 그 남자 덕분에 기차에 올라 그를 향해 가고 있었다 ─ 그가 더 이상 필요하지 않고 그에게도 그녀가 더 이상 필요하지 않다고 선언하러 가는 중이었다. 한 시간 전에 기차에 오를 때만 하더라도 그 사실에 확신하고 있었는데! 게다가 모든 사슬을 끊은 다음 날 같은 시간에 데리러 오라고 운전수인 아실에게 얼마나 단호한 목소리로 일러두었던가! (물론 속으로.) 그리고 그날 아침, 자유의 몸으로 혼자 파리로 돌아올 생각을 하며 얼마나 좋았던가! 이제는 거짓말도, 지켜야 할 의무도 없을 것이다. 리옹에서 걸려오는 전화를 기다릴 의무도, 리옹에서 연인이 올지도 몰라 재미있을 저녁 모임을 갑자기 취소할 의무도, 리옹에 가야 해서 이상한 약속을 갑자기 취소할 의무도 없어질 터였다. 그렇다, 오늘 아침 그녀는 잠에서 깨면서 환희했다. 드디어 기차를 타고 아름다운 프랑스 전원을 감상할 수 있겠구나 하는 즐거움과 정정당당하고 솔직하다는 더 큰 즐거움을 느꼈기 때문이다. 정정당당하고 솔직함의 대상이 된 그 누군가에게 그녀를 영원히 잃게 된다는 선언을 하러 가는 즐거움이었다. 레티시아에게는 쉽게 기쁨으로 바뀔 수 있는 잔인함 같은 게 도사리고 있었다. 그러나 문이 잠겨 갇혀버린 탕녀는 야비한 그녀 자신에 대한 일종의 캐리커처였다. 그녀의 운명도, 그녀의 과거도, 그녀의 얼굴이 비친 흐릿한 거울이 보여주는 조각난 퍼즐 안에 꼭 맞지 않았다. 그것은 웃다가, 절망하다가 흘린 눈물이 만들어낸 퍼즐이었다.

얼마 뒤 남자들이 — 여자들일지도 몰랐다 — 한 무리 몰려와 문을 흔들어대기 시작했다. 레티시아는 "헬프!", "도와줘요!", "플리즈!" 하며 그녀가 낼 수 있는 가장 큰 목소리와 톤으로 소리를 질렀다. 그녀는 그녀의 어린 시절, 여러 번의 결혼, 그녀가 가질 수 있었던 아이들과, 가졌던 아이들을 떠올렸다. 해안에서 있었던 어리석은 일들, 밤에 나누었던 속삭임, 앨범, 장난 등을 떠올렸다. 그리고 유머 감각을 잃지 않은 그녀는 그 어떤 정신병원도 파리에서 리옹으로 향하는 1등급 객실의 고장 난 화장실을 따라가지 못할 것이라고 생각했다.

레티시아는 샬롱을 지난 뒤에 구출되었다. 구해준 사람(리옹 출신의 부인이었다)에게 갇힌 지 한참 되었다고 말하지도 못했다. 하지만 리옹에 도착했을 때에는 완벽하게 화장을 고치고, 완벽하게 평온한 상태에서 기차에서 내렸다. 그리고 한 시간 전부터 플랫폼에 나와 떨고 있던 샤를은 한층 젊어진 레티시아를 보고 깜짝 놀랐다. 그는 레티시아를 향해 달려갔고, 레티시아를 만나고 난 뒤 처음으로 그녀가 그의 어깨에 머리를 두고 몸을 기대는 것을 느꼈다. 그녀는 피곤하다고 말했다.

"기차가 아주 편안했을 텐데?"

레티시아는 얼버무리듯 속삭였다.

"맞아." 그리고 그에게 몸을 돌리며 그를 이 세상에서 가장 행복한 사나이로 만들 법한 질문을 던졌다.

"그럼 우리 언제 결혼해?"

## 개 같은 밤

 지메네스트르 씨는 샤발의 그림을 몹시 닮았다. 거대한 몸집에 멍한 표정. 그래도 호감을 주는 인상이었다. 12월 초, 지메네스트르 씨는 마음 여린 행인들이 너도나도 도와주고 싶어 안달 날 정도로 괴로운 표정을 하고 있었다. 그의 걱정은 다가오는 명절이었다. 그는 착실한 기독교인이었지만 유독 올해는 명절이 다가오는 게 두려웠다. 선물이라면 환장하는 아내와 빈둥대는 아들 녀석 샤를, 칼립소를 멋들어지게 추는

딸 오귀스타를 위해 파티를 할 돈이 한 푼도 없었기 때문이다. 무일푼. 그가 처한 상황을 정확히 표현해주는 말이었다. 월급 인상이나 대출은 꿈도 꿀 수 없었다. 아내와 아이들은 모르고 있지만 그들을 먹여 살릴 사람의 새로운 취미를 만족시키기 위해서, 그러니까 지메네스트르 씨의 어두운 열정을 만족시키기 위해서 두 방법을 모두 써버렸기 때문이다. 주범은 바로 도박이었다.

초록색 양탄자 위에 금화가 굴러다니는 평범한 게임도 아니었고, 초록색 들판 위를 말들이 숨 가쁘게 뛰어가는 게임도 아니었다. 프랑스에는 아직 알려지지 않은 그 게임은 17구의 한 카페에서 성황리에 열리고 있었다. 지메네스트르 씨는 매일 저녁 퇴근길에 그곳에 들러서 레드 마티니를 한 잔씩 걸치곤 했다. 게임은 입으로 불어 화살을 쏘는 것으로 천 프랑짜리 지폐들이 오갔다. 심장에 문제가 있어서 어쩔 수 없이 그만둔 사람만 빼면 단골들은 모두 이 게임에 몰입했다. 동네에서 처음 보는 오스트레일리아 사람이 소개한 이 게임은 무척 흥미

진진해서 금세 일종의 클럽이 형성되었다. 아주 폐쇄적인 이 클럽은 카페 뒤쪽 홀에 모였다. 신이 난 카페 주인은 홀에 있던 작은 당구대까지 치워버렸다.

결론은, 지메네스트르 씨가 처음에는 승승장구하다가 결국 재산을 탕진했다는 것이다. 어쩌면 좋지? 식탁에 둘러 앉아 아주 자세하게 암시까지 했는데, 가족들에게 선물하기로 한 핸드백과 스쿠터, 밴을 사려면 누구한테 돈을 꿔야 하지? 날은 하루 이틀 흘러갔고, 가족들의 눈동자에는 벌써부터 기쁨의 빛이 반짝거렸으며, 눈송이들은 즐겁게 흩날리기 시작했다. 그럴수록 지메네스트르 씨의 얼굴은 누렇게 떠갔다. 그는 덜컥 병에라도 걸렸으면 했지만 그럴 리 없었다.

24일 아침, 지메네스트르 씨는 집을 나섰다. 그의 뒤를 따르는 가족들은 그를 믿는다는 눈빛을 보냈다. 지메네스트르 부인은 집 안을 매일 뒤져봤지만 아직 기대했던 소중한 꾸러미는 발견하지 못했다. '그날 딱 맞춰서 주려고 감추나 보군.' 약간 뾰로통해진 부인은 그렇게 생각했지만 걱정은 전혀 하지 않았다.

거리에 나선 지메네스트르 씨는 목도리를 얼굴 주위로 세 번 둘렀다. 그렇게 하고 보니 무장 강도라도 된 것 같았지만 다행히 그런 생각은 이내 쫓아버렸다. 그는 곰처럼 느릿느릿 걷다가 벤치 위에 털썩 주저앉았다. 어느새 눈이 쌓여 그는 빙산으로 변했다. 집에서 그를 기다리고 있을 담배 파이프, 가죽 가방, 빨간 넥타이(도저히 맬 수 없을 것 같다)를 생각하니 더욱 침통해졌다.

얼굴이 발갛게 달아오른 행인들이 손가락마다 선물 꾸러미를 들고 깡충깡충 가벼운 발걸음으로 지나갔다. 가장 노릇을 제대로 하는 남자들이었다. 그때 리무진 한 대가 지메네스트르 씨 근처에 멈춰 섰다. 그리고 꿈에서나 볼 듯한 멋진 여자가 스피츠 두 마리와 함께 차에서 내렸다. 평소 여자를 좋아했던 지메네스트르 씨는 그러나 아무런 사심 없이 그녀를 쳐다보았다. 그의 눈길이 개들에게 향하는 순간, 갑자기 밝은 빛이 났다. 무릎에 수북이 쌓인 눈덩이를 치우며 자리에서 일어난 그는 소리를 질렀다. 모자에서 눈이 눈과 목으로 흘러 들어가는 바람에 꽉 막힌 소리가 났다.

"동물 보호소로!"

동물 보호소는 기운 빠진 개나 흥분해서 겁을 주는 개들이 잔뜩 모여 있는 우울한 곳이었다. 그는 그곳에서 종과 색을 잘 알 수 없지만 눈이 선한 개를 골랐다. 핸드백, 밴, 스쿠터를 대신하려면 지독하게 선한 눈이 있어야 한다는 생각이 들었다. 그는 개를 골라 그 자리에서 메도르라는 이름을 지어주고 줄에 묶어서 거리로 나섰다.

메도르의 기쁨은 곧장 흥분으로 변했고, 그것은 개의 기운에 놀란 지메네스트르 씨에게도 전해졌다. 지메네스트르 씨는 수백 미터를 큰 걸음으로 끌려가(지메네스트르 씨에게 달린다는 말이 적용되지 않은 지 이미 오래다) 어떤 행인과 마주쳤다. 행인은 '망할 놈의 개'에게 뭐라고 중얼거리더니 가버렸다. 수상스키를 타는 듯한 자세를 하고 있던 지메네스트르 씨는 줄을 놓아버리고 그냥 집으로 돌아가는 게 낫지 않을까 하는 생각이 들었다. 그러나 메도르는 멍멍거리며 깡충깡충 새 주인에게 달려들었다. 눈이 잔뜩 묻은 누렇고 더러운 개를 바라보던 지메네스트르 씨는 누군가 개를 쳐다봐준 게 한참 되었겠구나 생각했다. 그러자 그의 마음이 눈 녹듯 녹아내렸다. 지메네스트르 씨의 파란 눈이 메도르의 갈색 눈에 풍덩 빠져버렸다. 주인과 개는 아주 잠깐 말로 표현할 수 없는 따뜻한 시간을 가졌다.

메도르가 먼저 움직였다. 개가 출발하자 달리기가 계속되었다. 지메네스트르 씨는 메도르 옆에 있던 짧은 다리 개가 떠올랐다. 자고로 개는 통통해야 한다는 생각에 빈약한 그 개는 아예 쳐다보지도 않았던 터였다. 집으로 향하는 지메네스트르 씨는 말 그대로 날아가는 중이었다. 카페에 잠시 들러서 그로그 석 잔을 마셨다. 메도르는 친절한 여주인이 건네준 설탕 세 조각을 먹었다.

"이런 날씨에 따뜻한 외투도 없이, 가여운 짐승 같으니라고!"

숨이 찬 지메네스트르 씨는 아무런 대답도 하지 않았다.

설탕 때문에 메도르는 한층 기운이 펄펄해졌다. 지메네스트르 씨의 집 초인종을 누른 건 유령 같은 남자였다. 지메네스트르 부인이 문을 열자 메도르는 쏜살같이 안으로 뛰어 들어 갔고, 지메네스트르 씨는 피곤하다고 훌쩍대며 아내의 품에 안겼다.

"아니, 무슨 일이에요?"

지메네스트르 부인의 가슴에서 소리가 뿜어져 나왔다.

"메도르 때문이야." 지메네스트르 씨는 남은 힘을 짜내어 말했다. "여보, 메리 크리스마스!"

"메리 크리스마스? 메리 크리스마스라뇨? 무슨 소릴 하는 거예요?" 지메네스트르 부인은 목이 메었다.

"오늘 12월 24일 맞지?" 따뜻한 온기와 안락함 덕분에 정신을 차린 지메네스트르 씨가 외쳤다. "크리스마스니까 당신에게 선물을 하는 거야." 그때 아이들이 눈을 동그랗게 뜨고 부엌에서 나오자 그가 다시 말했다. "가족 모두에게 주는 거야. 메도르가 선물이란다!"

그러고 나서 그는 단호한 발걸음으로 그의 방에 들어갔다. 방에 들어가자마자 침대에 쓰러져 파이프를 물었다. 1차 대전

때 만들어진 파이프를 두고 지메네스트르 씨는 "고생 참 많이 했지" 하고 말하곤 했다. 떨리는 손으로 파이프를 채우고 불을 붙인 다음 다리를 이불로 덮고 공격을 기다렸다.

파랗게 질린 지메네스트르 부인이 그의 뒤를 거의 바로 따라 들어왔다. 지메네스트르 씨는 속으로, 무서울 정도로 파랗게 질렸군 싶었다. 그의 첫 번째 반응은 참호 자세였다. 몸을 이불 밑에 완전히 숨기려 한 것이다. 이불 너머로 몇 가닥 남지 않은 머리카락과 파이프 담배 연기만 솟아올랐다. 그것만으로도 지메네스트르 부인은 머리끝까지 화가 치밀었다.

"도대체 저 개 뭐예요?"

"부비에 데 플랑드르 종인 거 같아." 지메네스트르 씨가 작은 소리로 말했다.

"부비에 데 플랑드르 종인 거 같아?" 지메네스트르 부인은 화가 더 끓어올랐다. "당신 아들이 크리스마스 선물로 뭘 원하는지 알기나 해? 당신 딸은? 나는 중요하지 않다는 거 잘 알지만…… 당신 자식들은? 겨우 저런 못생긴 개나 안겨준다고?"

마침 메도르가 들어왔다. 그리고 지메네스트르 씨 침대로 껑충 뛰어오르더니 곁에 가까이 다가가 누워 머리를 지메네스트르 씨 머리 위에 살포시 얹었다. 새 주인의 눈에 뜨거운 눈물이 차올랐다. 다행히 이불에 가려 보이지는 않았다.

"어처구니가 없군. 이 개가 광견병에 걸리지 않은 건 확실해?" 부인이 물었다.

지메네스트르 씨는 차갑게 반응했다. "그러면 광견병 환자가 둘이구먼."

끔찍한 답변에 지메네스트르 부인은 방을 나가고 말았다. 메도르는 주인을 핥더니 잠이 들었다. 자정이 되자 아내와 아이들은 아무 말도 없이 자정미사를 보러 가버렸다. 약간 몸이 불편해진 그는 1시 15분 전에 메도르를 잠깐 산책시키기로 했다. 커다란 목도리를 하고 천천히 성당을 향해 발걸음을 옮겼다. 메도르는 지나는 대문이란 대문은 모조리 코를 박고 냄새를 맡았다.

성당에는 앉을 자리가 없었다. 지메네스트르 씨는 문을 열어보려 했지만 허사였다. 결국 문 바깥에서 목도리를 눈 밑까지 끌어올린 채 눈을 맞으며 기다렸다. 독실한 기독교인들의 성가가 그의 귀에 울려 퍼졌다. 메도르가 줄을 하도 세게 잡아당기는 바람에 지메네스트르 씨는 주저앉아 줄을 발에 묶었다. 감정이 이미 상해버린 지메네스트르 씨의 정신을 추위가 조금씩 멍하게 만들었다. 그러다 보니 성당 앞에서 뭘 하고 있는지 알 수 없게 되었다. 성당에서 배고픈 신자들이 서둘러 쏟아져 나오자 그는 깜짝 놀랄 수밖에 없었다. 다시 일어나 끈을 풀기도 전에 어린 목소리가 들렸다.

"와, 예쁜 강아지다! 아, 불쌍한 아저씨! 기다려, 장 클로드!"

그다음 순간, 멍한 지메네스트르 씨 무릎에 5프랑짜리 동전이 떨어졌다. 지메네스트르 씨는 말을 더듬거리며 자리에서 일어났고, 그를 측은하게 여긴 장 클로드라는 사람은 동전 하나를 더 쥐여주면서 "메리 크리스마스"라고 했다.

"아니, 그러니까······." 지메네스트르 씨는 말을 계속 더듬거렸다.

자비라는 것은 얼마나 전염성이 강한 것인지! 성당 오른쪽 출구로 나온 신자들은 거의 모두가 지메네스트르 씨와 메도르에게 돈을 쥐여주었다. 하얗게 눈을 맞고 입을 헤벌린 지메네스트르 씨는 그러지 말라고 했지만 소용이 없었다.

왼쪽 출구로 성당을 나선 지메네스트르 부인과 아이들은 집에 도착했다. 지메네스트르 씨도 뒤이어 집에 돌아와 오후에는 장난을 쳤던 것이라며 미안하다고 했다. 그리고 각자에게 선물에 해당하는 돈을 나눠 주었다. 크리스마스이브 파티는 아주 즐거웠다. 지메네스트르 씨는 칠면조 요리를 배가 터지도록 먹은 메도르와 나란히 누웠고, 둘은 함께 편안하게 잠에 빠져들었다.

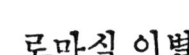

## 로마식 이별

  그 여자를 칵테일파티에 초대하긴 했지만 이번이 마지막이다. 그 여자는 그 사실을 몰랐다. 그는 성녀 블란디나처럼 그녀를 사자들 사이에 던져 넣을 것이다. 그의 친구들 말이다.

  그 성가신 여자는 금발 머리에 성미도 까다로웠고, 속물근성도 좀 있었고, 무미건조하면서 그리 육감적이지 않았다. 오늘 저녁 그는 그 여자를 떨쳐내버릴 작정이다. 그 결정은 ─그가 정말 심사숙고해서 내린 결정인지는 알 수 없고 로마의 해변에서 홧김에 내린 결정으로 — 적어도 2년이 지난 지금에야 행동에 옮길 예정이었다. 파티의 주인공인 루이지는 자동차, 여자, 망나니짓을 즐겼고, 어떤 상황에서는 지극히 비겁해지는 사내였다. 그런 그가 애인에게 결별을 선언할 것이다. 희한하게도 결별 선언을 하려는 그는 무심하면서도 즐겁고 음흉하며 매력적이고 다정하고 따뜻한 무리들이 필요했다. 그는 그들을 '친구'라 불렀다. 석 달 전부터 친구들은 그가 신경질이 늘고, 그들과 거리를 두고, 짜증을 내는 걸 지켜보았다. 말하자면 꽤나 성가신 잉게와 정신적으로 이별한 것이다.

성가신 잉게는 한동안 가장 아름다운 여자, '로마에 초대된 여자' 중 가장 아름다운 여자였고, 친구들이 자랑스럽게 말한 것처럼 루이지의 애인 중 가장 예쁜 여자였다.

그러나 2년이 흘렀고, 유행도 흘렀다. 지금까지 참을 만큼 참았던 루이지는 자신의 차로, 여전히 아름다움을 유지했지만 평판을 잃은 금발 머리 잉게를 이별 파티가 될 칵테일파티에 데려갔다. 그가 떠나는 대상은 잉게 자체가 아니라 그 여자가 가지고 있는 이미지라는 사실에 그는 스스로 의아했다. 그는 한때 열렬히 사랑하고 경배하기까지 한(그는 관능적인 남자였으므로) 옆모습, 입술, 어깨, 허리, 발, 그 외 모든 것을 떠나는 것이 아니라, 반복된 메아리 때문에 되풀이되는 일종의 도식, 인형을 떠나는 것이다. "잉게 알지? 루이지의 잉게 말야." 차를 타고 로마 거리를 달리며 생각해봐도 소용없었다. 그녀도 살과 피로 만들어진, 그와 다를 바 없는 인간이라고 생각해봐도 소용없었다. 그는 마치 오래된 사진 옆에서 운전하는 것 같았다. 예쁘게 차려입고 찍은 전신사진은 남자 옆에 멍하니 앉아서 정해지지 않은 여행길, 그러나 2년간 계속되었고 오늘밤 마침표를 찍을 여행길을 함께했다.

그는 이탈리아 친구들, 그러니까 그의 세계, 작은 친구들과의 세계, 같은 신앙을 가진 친구들, 그의 자객들이자 동료들과 가까이 느끼는 것만큼 스웨덴 여자 잉게와는 멀리 느껴졌다. 솔직히 말하면, 그는 왜 하필이면 오늘 저녁에 결별을 선언하려 하는 것인지, 또 왜 모든 사람이 그 사실을 알아야 하는지 잘 몰랐다. 그것은 네로 황제 이후 10세기 동안 로마에 팽배했던 이상한 운명론과 비뚤어진 도덕관념 같은 게 그에게 있었기 때문이다. 멋들어진 컨버터블 자동차를 타고 잘난 척하며 안전벨트도 매지 않은 루이지는 그의 성녀를 야수들에게 던지러 가는 길이었다. 말하자면 애인을 차버리면서 소란을 피워서 도저히 되돌릴 수 없게 만들려는 것이다. 그가 나쁜 남자여서라기보다는 늘 사람들에게 둘러싸여 있다 보니 외로움에 대한 공포증 같은 것에 걸린 탓이다. 늘 누군가와 함께 있어버릇하고 다른 사람들의 동의를 받아야 하는 깊고 격렬한, 그래서 내면에 뿌리 깊이 박혀 있는 욕구 때문인 것이다.

멍청하든 똑똑하든, 냉정하든 다정하든, 피해자이든 가해자이든 간에 '다른 사람들'은 그들의 도시, 로마의 거리를 고집스럽게 거니는 이들이다. 악행과 쾌락, 건강 그리고 때로는 애정 사이에서 아슬아슬하게 균형 잡는 그들은 중독자들이요, 그들 자체가 병이다. 그들 사이에서 잉게는 처음부터 물건이었다. 금발에 파란 눈을 한, 키가 크고 무척 우아해서 1등 상과 같은 갈망의 대상이 된 아름다운 물건이었다. 그 상을 거머쥔 자가 다름 아닌 서른 살의 로마 출신 건축가로, 화려한 과거와 촉망받는 미래의 소유자 루이지 데 산토였다. 그녀를 집으로 데려간 사람도, 그녀를 침대에 누인 사람도, 그녀의 입술에서 사랑의 속삭임과 비명이 튀어나오게 한 사람도 바로 그였다. 북유럽 출신의 여자에게 남쪽 지방 남자의 기준에 맞추라고 요구한 것도 그였다. 게다가 그건 특별히 나쁜 짓도 아니었다. 루이지는 나쁜 짓을 하기에는 참 해맑은 남자였다. 아니면 남자다워서였거나.

그러나 시간, 그 열정적인 시간은 지나가버리고 말았다. 잉게는 즐거워하지 않았다. 스톡홀름, 예테보리 이름이 대화에 자주 등장했기 시작했다. 어쨌든 그가 대화에 귀를 기울인 적은 거의 없었지만. 루이지는 일을 많이 했다. 오늘 저녁 그녀에게 배신자의 시선, 이아고의 시선을 보내면서 루이지는 그의 호기심이 갑자기 걱정스러웠다. 한두 시간이 지나면 이 여자, 이 옆모습, 이 몸, 이 운명을 제대로 알지도 못한 채 버릴 참이었다. 잉게가 그 뒤에 어떻게 지낼지에 대해서는 걱정이 없었다. 밝고 마음이 넓으며 약간 거리를 두는 남자와 2년을 함께 살았다고 해서, 밝고 마음이 넓으며 약간 거리를 두는 여자가 자살할 이유는 안 되기 때문이다. 잉게는 아마 이탈리아의 다른 도시나 파리로 떠날 게 분명하다. 그리고 그녀가 그를 그리워할 확률이나 그가 그녀를 그리워할 확률은 적어 보인다. 두 사람은 무엇보다 '함께 살았고', 유행의 두 그림, 그들이 그린 것이 아니라 그들이 살았던 사회가 그려준 두 실루엣처럼 '함께 존재'했다. 두 사람은 무대 없이 배우 역할을 하고, 풍자 없이 풍자적 역할을, 감정 없이 감정적인 역할을 한 것이나 다름없었다. 루이지 데 산토가 잉게 잉글레보리라는 가벼운 젊은 여자를 애인으로 둔 것은 좋은 일이었다. 두 사람이 서로를 원하고, 서로를 참고 견디다가 2년 뒤 헤어지는 것도 좋은 일이었다.

  잉게는 하품을 좀 하더니 루이지에게 고개를 돌리고 차분한 어조로 물었다. 그녀에게서 묻어나는 가벼운 외국 억양은 이틀 전부터 루이지의 신경을 거슬리게 했다. 잉게는 '누가' 오늘 밤 '올 거냐'고 물었다. 루이지가 '늘 같은 사람들'이라고 웃으며 답하자 그녀는 갑자기 약간 실망한 표정을 지었다. 관계가 끝났다는 걸 알아차린 걸까? 그녀가 먼저 멀어지려는 걸까? 그녀에게서 도망가려는 그를 먼저 떠나려는 걸까? 그런 생각이 들자 루이지에게 수컷의 본능이 깨어나기 시작했다. 그는 원한다면 잉게를 마음대로 휘두를 수 있다고 생각했다. 그녀를 옆에 둘 수도 있고, 달랠 수도 있고, 아이 열 명을 낳게 할 수도 있고, 가둬두거나 사랑할 수도 있다고 생각했다.

그런 생각을 하며 루이지가 웃자 잉게가 그를 보며 말했다.
"오늘 기분 좋나 봐?"

어떻게 오늘 같은 날 기분이 좋을 수 있느냐고 힐난하는 투여서 루이지는 깜짝 놀랐다. 그는 나보나 광장을 지나며 생각했다. '어쨌든 뭔가 이상하다고 눈치 챘을 거야. 카를라와 30분 동안이나 통화를 했고 지아나와 움베르토도 있었으니까. 통화를 엿들은 적은 없었지만 ― 엿들어도 아무 말도 알아들을 수 없었을 것이다(이탈리아어를 능숙하게 하긴 해도) — 그래도 무슨 일이 있다는 건 알아차렸을 거야. 여자의 본능이라는 게 있으니까.' 그러다가 갑자기 잉게를 1975년의 강박적인 여자들 무리로 다시 돌려보낼 수 있다니 마음이 조금 놓였다. 잉게는 그가 부끄러울 것 없이 돌봐준 여자였다. 잠자리도 충분히 가졌고, 해안이나 별장, 파티에도 데리고 다녔다. 육체적으로 늘 보호할 준비가 되어 있었고 비록 다르지만 역시 육체적으로 그녀를 공격할 준비도 늘 되어 있었다. 그녀가 직접적으로 그에게 말한 적은 한 번도 없고, 두 사람이 '사랑해'라고 말한 적도 별로 없었지만 그들이 서로 다른 방언으로 했던 '사랑해'라는 말은 감정보다는 에로티즘에 더 가까웠고, 그게 크게 문제될 건 없었다. 귀도와 카를라가 전화로 말했던 것처럼 어쨌든 이제 끝낼 때가 되었다. "언제까지 달라붙어 있을 거야! 루이지처럼 매력적이고 잘나고 독창적인 사람이 스웨덴 모델과 2년 이상 사귄다는 건 말이 안 돼."

루이지는 친구들의 말을 믿었다. 그를 잘 아는 친구들이니까. 친구들은 루이지 본인보다 루이지에 대해 더 잘 알고 있었다. 처음부터, 그러니까 루이지가 열다섯이었을 때부터 모두 그렇게 생각했다.

빌라는 대낮처럼 밝혀져 있었다. 잉게가 로마에 대해 간직할 마지막 추억은 화려할 것이라고, 루이지는 서글프고 자조적인 생각에 잠겼다. 붉고 검은 불빛이 빗속에 흘러내렸고, 매력적이고 헌신적인 집사가 여러 색깔의 우산을 들고 뛰어다녔다. 낡은 베이지색의 고풍스러운 계단과 건물 안에는 아주 잘 차려입은 여자들과 그 옷을 벗길 준비가 아주 잘된 듯 보이는 남자들이 있었다. 그런데 계단을 오르기 위해 잉게의 팔을 잡은 순간, 루이지는 불쾌한 기분이 들었다. 투우소를 경기장으로 끌고 들어가는 기분, 또는 아무것도 모르는 사람을 도박장이나 그도 경험하지 못할 타락의 길로 안내하는 기분이 들었다.

카를라가 두 사람 앞이라고 하기보다는 위에서 그들을 덮쳤다. 그녀는 웃으며 잉게와 그를 쳐다보았다. 미리 웃고 있었다.

"이제 오는 거야? 걱정하고 있었어."

루이지는 물론 카를라를 안으며 인사했고, 잉게도 마찬가지였다. 일행은 홀을 가로질렀다. 루이지는 로마와 살롱이라면 전문가였다. 두 사람 앞으로 갈라지는 골짜기나 협곡 같은 것은 루이지의 생각과 예상이 그대로 진행되고 있음을 확인시켜주었다. 모두가 소식을 알고 있었고, 그들이 도착하기를 기다리고 있었다. 그들은 모두 오늘 밤, 루이지가 몹시 아름답지만 꽤 오랫동안 사귄 스웨덴 여자 잉게 잉글레보리와 요란하고 즐겁게 헤어질 것이라는 사실을 알고 있었다.

잉게는 전혀 눈치 채지 못한 것 같았다. 그의 팔을 붙잡고 몸을 기댄 채 오랜 친구들에게 인사를 하며 뷔페로 향했다. 여느 때와 마찬가지로 마시고, 먹고, 춤추고, 돌아가서 사랑을 나눌 준비가 되어 있었다. 그 이상도, 그 이하도 아니었다. 그런데 갑자기 '그 이하가 아닌 것'은 늘 그랬던 것 같고, '그 이상'도 아닌것은 그가 만들어내야 할 것 같은 생각이 들었다.

잉게는 보드카 토닉 한 잔을 무심히 홀짝였고, 카를라는 한

잔 더 마시라고 적극적으로 권했다. 엉망인 데다 조금 격렬한 안무를 따라 하듯 친구들이 두 사람을 중심으로 반원을 그리며 자연스럽게 모여 섰다. 친구들은 기다렸다. 뭘? 이 여자가 귀찮게 한다고, 그래서 따귀를 때려줬다고, 이 여자랑 잠자리를 한다고 말하라고? 뭘? 루이지는 왜 이 로마의 무겁고 비바람이 몰아치는 가을 오후에 이 친숙한 익명의 가면들 앞에서 잉게와 헤어지는 게 필요하면서도 시급한 일이라고 설명해야 하는지 알 수가 없었다.

그런 말을 했던 게 기억났다. "잉게는 우리랑은 다른 부류야." 하지만 그를 둘러싼 '부류', 재칼, 독수리, 새들을 바라보니 말이 생각을 앞선 게 아니었나 싶었다. 이상하게도 북쪽에서 온 아름다운 금발 머리 스웨덴 여자, 독립적이면서도 밤을 함께 보내는 이 젊은 여자를 알고 난 뒤 그녀와 같은 편이라는 게 느껴졌다. 아마 처음이었을 것이다.

그때 주세페가 도착했다. 여전히 멋지고 생기 넘쳤다. 그는 거의 비극적인 포즈로 잉게의 손에 입을 맞추었다. 루이지는 주세페가 '계산적으로' 행동한다고 생각하다가 그렇게 생각하는 자신에게 깜짝 놀랐다. 그리고 카를라가 돌아왔다. 그녀는 잉게에게 아주 조심스럽게 비스콘티의 최근 작품을 봤느냐고 물었다. 그리고 알도도 정신없이 나타나더니 아오스타 부근에 있는 별장에 와준다면 언제든 환영이라고 말했다. (알도는 늘 너무 앞서가서 탈이다.) 파티 장소의 여주인인 마리나가 오른쪽으로 다가서더니 한 손으로는 루이지의 허리를, 다른 한 손으로는 잉게의 드러난 팔을 잡았다.

"세상에, 두 사람은 어쩜 이렇게 멋질까! 정말 천생연분이라니까."

사람들은 에스파냐에서 흔히 말하듯 그야말로 숨을 죽였다. 투우 경기가 마침내 시작된 것이다. 그러나 투우인 성가신 잉게는 잔잔하게 웃기만 했다. 누가 보기에도 사람들은 루이지가 암시를 던지기를, 뭔가 재미있는 짓을 하기를 고대했다. 친구들은 그를 기다렸지만 그는 아무것도 찾지 못했다. 이탈리아 사람들이 '아니야' 또는 '고마워'라고 할 때 쓰는 손짓만

했을 뿐이다. 오늘은 비극적인 희극이 벌어질 거라는, 장소는 말하지 않았지만 결별의 저녁이 될 거라는 루이지의 약속을 받은 카를라는 조금 실망했다. 카를라는 다시 공격에 나섰다.

"정말 무덥지? 잉게, 너희 나라 여름은 훨씬 시원하지? 내 기억이 맞는다면 스웨덴은 북쪽에 있지. 그렇지?"

주세페, 마리나, 귀도 그리고 나머지 사람들은 웃음을 터뜨렸다. 루이지는 스웨덴이 이탈리아보다 북쪽에 있다는 말이 뭐가 그리 우스운지 이해할 수 없었다. 『보그』에 났던 기사와는 달리 그렇게 재치 있는 친구는 아니라는 생각이 스쳤다. 루이지는 어렸을 적 토리노의 수도원에서 지낼 때 자위 얘기를 들었을 때처럼 나쁜 생각을 떨쳐버리려 했다.

"맞아. 스웨덴은 이탈리아보다 북쪽에 있지." 잉게는 내뱉는 말과 하는 행동까지 중성적으로 만들어버리는 특유의 차분한 억양으로 대답했다. 그러나 그녀의 억양이 참을 수 없을 정도로 우스웠는지 뷔페 주위에 모여 있던 사람들이 일제히 웃음을 터뜨렸다.

루이지는 생각했다. '다들 긴장돼서 저러는 걸 거야. 내가 심한 말로 헤어지자고 하길 기다리는 거니까. 그나저나 나도 빨리 실행에 옮겨야 할 텐데.'

그때 잉게의 접시꽃 색깔 눈동자가 루이지에게로 향했다. 접시꽃을 닮은 잉게의 눈이야말로 그녀가 로마에 나타나자마자 큰 인기를 누렸던 가장 큰 이유였다. 사람들에게 빙 둘러싸인 잉게는 과장되게 말했다. "루이지, 오늘 파티 정말 싫증 나. 나 다른 곳에 데려다줘."

하늘이 무너지고, 크리스털 잔이 부딪히고, 종업원들은 기절하고, 치와와들은 멍해지고, 루이지는 깨달았다. 잉게와 루이지 사이에 사람들이 흔히 말하는 교환, 바로 그 눈빛 교환이 일어난 것이다. 여자의 접시꽃 같고 솔직한 눈망울에는 순진한 질문뿐만 아니라 '이 바보야, 사랑해'라는 고백도 맺혀 있었다. 마찬가지로 지친 로마 청년의 갈색 눈에도 순진하고 남자다운, 그리고 어린아이 같은 질문이 깃들었다. '정말?' 대반전이었다. 상황, 사람들, 생각, 프로그램, 파티의 결말까지도.

'친구'들은 겨울잠을 자는 박쥐처럼 천장에 거꾸로 매달린 기분이었다. 사람들은 이제 컨버터블 차까지 위풍당당하게 걸어갈 대로에 지나지 않았다. 로마는 평소처럼 아름다웠다. 로마는 로마에 있고, 사랑도 로마에 있다.

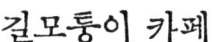

## 길모퉁이 카페

'참 이상하군.' 정직한 의사의 진료소 계단을 내려가며 그는 생각했다. '내 발이 참 이상해. 이 보잘것없는 부르주아 층계를 똑바로 내려가다니. 상상할 수 없던 예고된 죽음을 향해 똑바로 내려가다니.'

지금까지 그가 보았던 발은 여자의 발 사이에서 능숙하게 스텝을 밟던 발이나 해변에서 여유를 즐기던 맨발이었다. 그런데 지금 그는 그 똑같은 발이 정직해도 너무 정직한 의사의 진료소 계단을 내려가는 모습을 일종의 혐오와 공포, 놀라움의 심정으로 바라보고 있다. 죽음이란 정말 기가 막히는 일이다. 그는, 마르크는, 죽을 수 없었다. 그의 사진(어딘지는 정확히 모르겠지만 그의 몸 구석구석을 보여주는 사진, 사람들이 엑스레이라고 부르는, 그가 보기엔 외설스러운 사진)에 머문 의사의 시선과 그 사이에는 뭔가 혼란스럽고 추상적인 것이 있었다. 거기에는 과장되고 창백한, 푸르스름하고 멍청한 간격이 있었다. 진료 시간에 늦어 심장 상태까지 걱정하면서 헐떡대며 계단을 올라가던 마르크와, 똑같은 계단을 시체처럼 차분하게, 앞으로의 운명을 의식하고 동시에 의식하지 못하면서 내려오는 마르크 사이에 단 30분밖에 차이가 없다는 것은 있을 수 없는 일이었다. 냉정하고, 유감스러워하면서도 정중한, 냉정해서 오히려 더 따뜻하게 느껴진 의사 앞에서 보낸 30분.

"3개월 남았습니다. 폐는 아시다시피……."

그 누구도 마르크의 죽음을 예상하지도, 바라지도 않았다. 그런 마르크는 '내가, 다른 사람도 아닌 내가 죽는다'는 생각에 피부가 다 벗겨지는 듯한 고통을 느꼈다.

그러나 그는 의사가 솔직히 말하도록 애를 썼다. 유럽에서는 아직 그런 일이 드물었다. 그는 부인과 별거 중이라며, 부모님은 자식을 나 몰라라 하는 분들이고 실수로 낳은 아이들은 법적으로 그의 자식이 아니라고 일일이 의사에게 설명했다. 그렇게 자세하면서도 동시에 모호하게 말한 덕분에 의사에게 단호한 판결을 언도받았는지도 모른다. 어쨌든 아무리 극적인 사례일지라도 의사들도 못난 환자들에게는 어느 정도 혐오감을 느끼지 않을까? 실제로 마르크는 못난 남자였다. 하늘이 도와 암도 걸릴 자리에 걸렸다. 결장, 피부 등 아주 조그만 부위에 생기는 보잘것없는 암도 있지 않은가. 마르크의 암은 고귀한 사람들만 걸리는 암이다. 그는 전형적인 암 환자 사례로, 석 달 뒤 폐암으로 사망할 예정이다. 마르크는 작게 웃었다. 자기가 젊고 즐겁고 세련된 사람이라고 느껴졌다. 그는 끔찍한 웃음을 지었다. '대장에 암이 생겼을 수도 있잖아' 하면서 마치 승리라도 거둔 듯 웃었다. 그랬다면 말하기 더 어렵고 복잡했을 것(인정하고 싶어도 알 수 없는 것)이다. 모든 인간에게 어린 시절의 설사와 이국의 병들을 연상시키는 그 바보 같은 신체기관을 어떤 은유법으로 포장할 수 있을까? 그나마 불행 중 다행이었다. 처음으로 그가 사과를 하거나 결정을 내리지 않아도 되었다. 더 이상 버틸 수 없을 때 '어찌어찌해서 죽게 되었다'고 말할 수 있게 되었다. 평소처럼 '내가 당신을 떠나는 건 이런 이유 때문이야' 또는 '저런 이유 때문에 이제 그만 만나야겠어'라고 말하지 않아도 되었다. 게다가 이런저런 이유는 다 거짓이었다. 처음으로 감수성이라는 나약한 전선(戰線)이나 허영이라는 강한 전선 뒤로 후퇴하지 않아도 되었다. 그의 죽음을 변명할 필요는 더더욱 없었다.

  마지막 계단을 돌아 내려오는데 갑자기 '삶'이 현관에 나타났다. 마르크는 잠시 발걸음을 멈췄다. 바깥에는 찬란한 태양이 빛나고 있었다. 마르크는 이미 환자들, 위로하는 친구들, 생각에 잠긴 의사들이 가득 찬 어두운 방 안에서 떨고 있는 그를 상상했다. 태양은 이미 해바라기, 커다란 후회가 되었다. 바로 그때, 마르크는 살아오면서 처음으로 진정한 용기를 발휘했다. 그는 정신 나간 사람처럼 인도로 뛰쳐나가 대로와 행인들, 도시를 바라보았다. 그는 마치 귀머거리에 장님이라도 된 양 길가에 잠시 머물렀다가 천천히 발걸음을 옮겨 길모퉁이 카페로 향했다. 지금까지 한 번도 그의 주의를 끌지 않았지만 그의 기억 속에 영원히 새겨져 있는 카페였다. 그렇게 생각하던 그는 그 '영원'이 석 달을 의미한다는 사실을 떠올렸다. 그리고 모든 것이 우습고, 더럽고, 하찮고, 멜로드라마 같다고 느꼈다.

그가 놀란 건 아무도 생각나지 않아서였다. 이런 일이 닥치면 여자들은 엄마에게 달려가고, 남자들은 아내에게 달려가고, 허언증 환자는 자신의 운명에게 달려가는 법이다. 그런데 마르크는 아무에게도 달려가지 않았다. 그가 간 곳은 포마이카, 종업원, 맥주가 있는 전형적인 카페였다. 마르크는 바에 허리를 기대고 섰다. 그리고 나무나 대리석 난간에 그렇게 기댈 때면 밀려왔던 위안을 느꼈다. 카페에는 손님이 거의 없었다. 마르크에게는 그것이 선물 같았다. 그가 부르자 제비갈매

기처럼 날래게 다가온 종업원에게 그는 우선 페르노 한 잔을 주문했다. 왜 페르노를 주문했는지 도통 모를 노릇이었다. 아니스 맛은 늘 싫었는데. 그러고 보니 아니스 향이 해변, 여자들의 몸, 조개, 해초, 생선 수프, 멋지게 성공시킨 자유형을 떠오르게 한다는 것을 깨달았다. 그 향이 말하자면 삶의 체취가 되었다는 것을. 잔디, 나무, 폭풍우, 바람이 부는 긴 오솔길을 떠올릴 칼바도스를 주문할 수도 있었다. 머릿결, 어머니의 젖가슴, 어릴 때 '그들의' 방에서 맡았던 습한 나무 향을 떠올리려면 보리 시럽을 주문하면 될 터였다. 또 그의 술잔에 샤넬 넘버5(안느), 팜므 드 로샤스(하이디), 방 베르 드……(그 여자 이름은 뭐였더라?)를 채워달라고 할 수도 있었다. 헤어진 뒤 다시는 만나지 못했던 그 여자…… 이네스였던가? 그 여자의 갤랑 향수 때문에 흘린 그의 눈물도. 파리의 거리, 향수, 열기가 갖는 힘은 대단했다. 카페에 있는 모든 사람이 오래전부터 그의 친구이자 그에게 낯선 사람이라는 사실이 놀라웠다. 마르크는 후회할 만큼 대단한 일을 하지 않았다. 한 목표에서 다른 목표로, 한 침대에서 다른 침대로, 한 열정에서 다른 열정으로, 사람들이 흔히 말하듯 어영부영, 그러나 진심으로 쏠려 다녔다. 그리고 늘 온몸이 부딪히고 찢겨나갔다. 그래도 무감각해지는 법은 없었다. 회의적으로 변할 때가 많았고 길을 잃은 것 같을 때는 더 많았다. 늘 같은 고깃배를 쫓아가면서 한 번도 지치지 않는 늙은 갈매기처럼 그는 날갯짓을 했다.

그는, 그렇다, 무엇에든 덤비는, 정말 바보였다. 그리고 생각해보니 그렇게 대단히 잘못한 일도 없었다. 그의 죽음이 코앞에 다가왔고 시간이 얼마 남지 않았다는 사실이 그에게는 큰일처럼 보이지도 않았다. 다만 피할 수 없는 미래를 맞이한 자신의 상황, 초췌하고, 머리가 다 빠지고, 비틀거리며 주사만 기다리는 자신을 만들지 않으려면 미래를 앞당기는 결단을 내려야 했다. 그건 안 된다. 피하려 해보겠지만 그럴 용기가 있는지 확신이 서지 않았다. 그래서 그는 다시 멋지고 매력적이고 재미있는 마르크, 다정한 마르크가 되었다. 그는 잔을 손에 들고 일어나 웨이터를 향해 조금은 우스워 보이게 큰 동작을 해 보였다.

"여러분!" 그는 쩌렁쩌렁한 목소리로 외쳤다. 카페의 대화들이 단숨에 멈췄다. 손님 여덟 명 그리고 연인인 두 종업원까지 놀라서 그를 쳐다보았다. "여러분, 제가 한 잔 돌리고 싶습니다. 생 클루 경마장에서 오늘 1등을 했거든요. 방금 알게 됐습니다."

사람들은 잠시 놀라는 듯했다. 그러나 놀라움도 잠시, 모든 사람들, 그러니까 카페 안에 있던 열 명 — 마지막 목격자들 — 이 그를 돌아보며 열렬한 박수를 보내주었다. 마르크는 그들과 건강을 빌며 — 그의 건강도 포함해서 — 술을 마셨고, 약속한 대로 계산을 한 다음 진료소 앞에 주차해둔 차에 올라탔다.

아직은 건강한 상태였던 마르크는 마치 우연인 듯 망트 라졸리에 이르기 전에 플라타너스에 돌진해 그곳에서 생을 마감하는 힘과 자기 자신에 대한 호의를 베풀었다.

## 7시의 주사

"난간에 매달려요!"

여배우 세실리 B.는 아름답지만 부담스럽고 고집이 셌다.

"미안해요, 딕. 하지만 이건 정말 내가 생각하던 페툴리아라는 인물이 아니에요." 그녀는 런던과 브로드웨이에서 큰 성공을 거두게 해준 저음의 목소리로 외쳤다.

관람석 맨 앞줄에 혼자 앉아 있던 딕은 어깨를 조금 들썩였다.

"그뿐만이 아니죠. 내가 보기에 이 여자는 창녀도 아니라고요." 세실리는 조명을 환하게 밝힌 무대에서 신랄한 목소리로 덧붙였다.

깜짝 놀란 — 그리고 자지러지게 웃을 뻔한 — 최고의 극작가(적어도 지금은 그렇게 알려져 있다) 딕 레이턴이 반박하기 시작했다.

"아니, 세실리, 세실리, 난 결코 그런 뜻이……."

세실리는 크게 손을 내저으며 그의 말을 잘라버렸다. 그 손짓은 그녀의 버릇 중 하나였고, 보통 적절하게 효과를 냈다.

"그렇게 알아듣게 말했잖아요."

딕은 오랜만에 만난 친구 레지널드를 돌아보며 웃었다. 옥스퍼드 시절 보고 처음 보는 레지널드는 생각보다 더 멍해 보였다.

세 줄 뒤 어둠 속에 앉아 있는 친구의 얼굴은 부드럽게 빛나 보였다. 공연장을 메울 관중들의 모습을 미리 보여주는 것 같았다. 그리고 벌써부터 세실리의 실수와 일탈에 내심 거북해하는 것 같았다.

"어떻게 생각해?" 딕이 살짝 물었다.

레지널드는 호색한같이 크게 웃었다. 그의 웃음이 의미하는 바는 정확히 이랬다. '저 여자를 내보내든지 길들이든지 해! 망할! 어떻게든 해보라고!'

딕에게는 재미있는 경험이었다. 그는 지금까지 줄곧 프로들과 일해왔다. 그런데 갑자기 우연히 만난 옛 친구와 함께였다. 아무것도 모르는 친구는 마냥 신기해했지만 이상하게도 그의 눈을 피해가는 것은 아무것도 없었다. 말하자면 진짜 같은 ─ 사실 진짜가 어디 있나! ─ 가짜 관중이었다. 레지널드는 옥스퍼드 시절이 지나고도 오랫동안 케케묵은 관습과 큰 목소리로만 이루어진 그 가소로운 위엄을 간직하고 있었다.

"딕, 어떻게 결정했어요?" 세실리가 물었다.

"당신 때문에 못살겠다는 걸로요. 내 연극에는 매춘부가 등장한 적이 없습니다. 형편없는 여배우도 등장하지 않을 거고요."

그러자 그의 귓가에는 다시 침묵이 내려앉았다. 연출가와 무대감독이 역광, 그러니까 뒤에서 조명을 받으며 자리에서 일어나는 모습이 보였다. 그리고 무대 위에서는 두려움의 그림자놀이가 펼쳐졌다. 뒤에서는 정신 나간 동창 레지널드가 짝짝 박수를 치는 소리가 분명하게 들려왔다. 손으로 소리를 내다니. 놀라워! 크고 열렬한 그 박수 소리는 그가 10년 전부터 꿈꾸던 소리였다. 진지하지만 나올 때가 아닌 곳에서 터져 나오는 박수 소리.

그 순간 딕은 갑자기 얼간이 같은 세실리와 역시 얼간이 같은 연출가 아놀드 사이에 끼어든 게 잘못이었다는 사실을 깨달았다. 그는 두 사람 사이에 샌드위치처럼 끼어 있었다. 한 사람에게는 대본이 무슨 뜻인지 설명하고, 다른 한 사람에게는 대사를 어떻게 구사해야 하는지 설명하며 거의 지친 걸음으로 이쪽저쪽을 오갔던 것이다. 저녁이 되면 그는 극장을 나서면서 머리를 쥐어뜯고, 짜증에 휩싸인 상태로 옛 친구들과 저녁을 먹었다. 그리고 밤이면 왜 사는지, 무슨 수로 식구들을 먹여 살릴 것인지 궁리했다.

그 바보 같은, 그러면서도 형제 같은 레지널드가 터뜨린 호탕한 웃음은 딕이 어둡고 막막한 황금빛 꿈, 화려하지만 진심으로 믿지 못하는 꿈에서 깨어나게 만들었다. 사실 그는 빛과 어둠, 사물과 동작, 움직임과 발명의 공중 도약이 그가 말하고자 하는 바를 표현해주리라 믿었던 적이 있다. 올라갔다 내려가는 막, 비난과 칭찬을 믿었고, 친구와 적이 있다고까지 믿었다. 사람들은 그를 기준으로 두 갈래로 분명히 나눠진다고 믿었다. 오른쪽에는 나쁜 놈들이, 왼쪽에는 친구들이 있다고 말이다. 그리고 온 세상이 그를 생각해주고 있다고 믿었다. 그런데 포악함을 타고난 세실리와 천성적으로 상냥하고, 방방 뜨는 성격의 성미 급한 레지널드 사이에서 딕은 갑자기 자신에게 책임이 돌아오는 것을 느꼈다. 뭐라고 정의할 수는 없지만 그가 아닌 다른 무언가에 흔들린 느낌이었다. 그것은 바로 본질이었다. 그러나 좋은 취향이나 지성, 절대적인 것 또는 사랑의 본질을 그와 가까이 있는 두 사람의 얼굴에는 적용할 수 없었다. 한 사람의 얼굴은 심하게 조명을 받아 환해져 있었고, 다른 한 사람의 얼굴은 어두웠다.

'이건 연극이야.' 그는 속으로 힘없이 중얼거렸다. 그는 피로와 성공이 결합되어 그렇게 모든 걸 속으로, 그리고 힘없이 말하는 상황에 이르렀다.

딕은 손을 들어 위엄 있는 동작을 취했다. 적어도 그가 알고 있고 바라던 동작이었다. 거기에 날카로운 휘파람 소리도 곁들였다. 그러자 불이 다시 켜졌다. 극장은 다시 붉은색, 황금색 그리고 검은색을 드러냈다. 세실리는 장광설을 멈추었고 딕은 고분고분 레지널드를 무대 앞으로 데려가 계단을 밟고 올라서게 했다. 레지널드는 햇볕에 그을린 피부에 아주 잘생긴 남자였다. 약간 천박한 스타일이었지만 말이다. 인사를 시켜주자 세실리도 레지널드의 그런 점을 눈여겨본 것 같았다. 그러고 나서 딕은 그의 작품과 인물, 그리고 시작하기도 전에 아이디어와 사틴, 한숨, 눈물로 시끌벅적한 극장이 역겨워 비틀거리며 복도를 걸어갔다. 연출자가 저만치서 그를 따라오는 것 같았다. 딕은 그의 작품이 갖는 진부하고 지루하고 프로이트적이고 심리적인 설명을 엿보았다. 그것은 그라는 사람과 정반대되는 것이었고, 마지막 총연습에서 보고 싶지 않았던 것이었다. 마침 물건도 챙겨왔겠다, 그는 화장실로 들어가서 팔을 묶고 정해진 시간에 헤로인 주사를 놓았다.

3분 뒤, 딕은 활기찬 모습으로 화장실을 나왔다. 그리고 그의 사랑스러운 배우들과 무대 뒤에서 얌전하게 돌아다니고 있던 옥스퍼드 시절 그의 가장 친한 친구를 더할 나위 없이 기쁜 마음으로 다시 마주했다. 그걸로 완벽했다. 어쨌든 이상적이었다. 세실리 B. 같은 늙은 경주마와 자신과 같이 사나운 젊은 개에게 무엇을 더 바라겠나.

## 이탈리아의 하늘

 어둠이 내리고 있었다. 하늘은 마일스의 눈꺼풀 사이에서 사그라지는 것 같았다. 아직까지 살아남은 것이라곤 그의 눈썹과 어두워진 비탈 사이에 있는 언덕 위 하얀 선뿐이었다.
 마일스는 한숨을 쉬었다. 그리고 테이블로 손을 내밀어 코냑 병을 잡았다. 목구멍에 따뜻하게 넘어가는 황금빛 프랑스산 코냑이었다. 다른 술은 마시면 서늘한 느낌이어서 피한다. 이 코냑만큼은……. 하지만 넉 잔인지 다섯 잔인지 들이켜자

아내가 버럭 화를 냈다.

"마일스, 제발! 당신 벌써 취했어요! 라켓도 못 잡잖아요. 시메스터 부부랑 테니스 치기로 해놓고, 그 사람들만 치게 생겼다고요. 그걸로도 성이 안 차요?"

마일스는 병을 놓지 않았다. 대신 눈을 감았다. 갑자기 지쳤다. 죽고 싶을 정도로 무기력했다.

"마가렛, 당신도 알잖아……."

그렇게 말을 꺼냈던 마일스는 이내 말을 멈췄다. 아내는 지난 10년 동안 그가 테니스를 치고, '헬로우' 인사를 하고, 사람들 등을 크게 치고, 클럽에서 신문을 읽으며 피곤했다는 걸 한 번도 인정하지 않았다.

"시메스터 부부예요. 똑바로 서요, 제발. 우리 주변에서……." 마가렛이 말했다.

마일스는 팔꿈치를 기대며 일어나 시메스터 부부를 바라보았다. 남자는 키가 크고 호리호리한 체형에 얼굴이 붉은 것이 거만하고 고집이 세 보였다. 여자는 근육질이었다. 흉측한 근육질. 마가렛도 야외 활동, 귀까지 걸린 미소, 남자 같은 웃음, 진한 우정 등 그런 스타일이 되어가고 있었다. 마일스는 메스꺼움이 느껴져 등나무 의자에 다시 주저앉았다. 스코틀랜드의 이 지방에서 인간적인 것이라곤 언덕의 부드러운 능선, 코냑의 열기 그리고 마일스 자신뿐이었다. 나머지는…… 적당한 욕설이 없을까? 그래, '조직적'이었다. 찾아낸 말이 마음에 든 마일스는 아내를 슬쩍 쳐다보았다. 그리고 자기도 모르게 말을 하기 시작했다.

"프랑스와 이탈리아 시골을 돌아다녔을 때……."

그의 목소리는 정상이 아니었다. 마일스는 시메스터의 시선이 그에게 꽂히는 걸 느꼈고, 시메스터가 무슨 생각을 할지 간파했다. '불쌍한 마일스. 정상이 아니구먼. 저 몹쓸 술은 끊고 폴로를 다시 시작해야 할 텐데.' 그 생각에 마일스는 화가 났다. 그래서 더 큰 소리로 떠들었다.

"프랑스 남부와 이탈리아에서는 여자들이 테니스를 치지 않지요. 마르세유에 가보면 여자들이 문간에 서서 지나가는 사람들을 내내 쳐다본다니까요. 말을 잘못 걸면 뭐라고 하는지 아십니까? '꺼져!'"

마일스는 일부러 '꺼져!'를 강조해서 발음했다.

"말을 잘못 건 게 아닐 땐 '이리 와' 하죠."

하지만 낮은 목소리로 '이리 와'라고 할 때는 전혀 얄궂지 않았다. 시메스터는 마일스를 조용히 시켜야 하나 싶었지만 참았다. 두 여자는 얼굴이 조금 상기되었다.

마일스는 자기 자신에게 말을 하듯 계속했다. "그 여자들은 운동을 하지 않아요. 그래서 상냥하고 9월의 살구처럼 여리지요. 그 여자들에게는 클럽 대신 여러 남자 또는 한 남자가 있어요. 태양 아래에서 수다를 떨며 시간을 보내서 여자들의 피부는 태양의 맛이 나고 목소리는 쉬어 있습니다. 절대 '헬로우'라고 말하지 않지요."

마일스는 향수에 젖은 듯 말했다.

"하긴 그건 여기에서 쓰는 말이죠. 내가 만난 프랑스 남부 여자들이 골프 클럽과 여성 해방을 외치는 이곳의 빌어먹을 여자들보단 좋습니다."

마일스는 큰 잔에 코냑을 따랐다. 놀란 사람들 사이에 침묵이 깔렸다. 시메스터는 유머가 넘치는 말을 해보려 했지만 허사였다. 마가렛은 화가 머리끝까지 난 표정으로 남편만 쩨려보고 있었다. 마일스는 눈을 들었다.

"화낼 필요 전혀 없어, 마가렛. 1944년에는 당신을 몰랐으니까."

"군대 매춘부들 얘기는 우리한테 할 필요도 없어요. 우리 친구들이 이해해주기를 바랄 뿐……"

하지만 마일스는 아내 말을 더 이상 듣지 않았다. 그는 술병을 손에 쥔 채 자리에서 일어나 공원 구석으로 향했다. 테니스와 목소리, 얼굴들과 멀리 하려고. 조금 비틀거렸지만 기분은 좋았다. 바닥에 누우니 기분이 더 상쾌했다. 몸 밑의 땅이 팽이처럼 빙글빙글 돌기 시작했다. 마른 풀 냄새가 나는 거대한 팽이. 어디를 가든 땅은 똑같이 부드러운 냄새가 난다. 마일스는 눈을 반쯤 감고 숨을 내쉬었다. 아주 멀리 떨어진 곳의 아주 오래된 냄새, 도시와 도시를 적시는 바다의 냄새, 항구의 냄새를 맡았다.

거기가 어디였더라? 나폴리였던가, 마르세유였던가? 마일스는 미국인들과 군대 생활을 했다. 흑인이 지프차를 미친 듯 몰았었다. 한번은 차가 엄청난 점프를 하며 뒤집어졌다. 굉음에 마일스는 정신을 잃었다. 그리고 다시 정신을 차린 곳은 밭이었다. 밀밭. 천천히 숨을 쉬면서 살아 있다는 것에 다시 익숙해졌다. 겁은 나지 않았다. 마일스는 움직일 수가 없었다. 역겨움과 이상한 쾌감이 섞인 냄새, 피 냄새가 났다. 머리 위로 밀들이 바람에 흔들렸다. 그 뒤로 펼쳐진 이탈리아의 하늘은 창백하리만치 파랬다. 마일스는 손을 움직여보았다. 눈까지 손을 들어 올려 햇빛을 가렸다. 그리고 그의 손 밑에 있는 눈꺼풀, 그의 눈썹 위에 있는 손바닥을 느꼈다. 그 이중의 접촉으로 갑자기 그가 거기에 있음을, 그가 마일스 자신임을, 그가 살아 있음을 느꼈다. 그리고 다시 정신을 잃었다.

그는 병원에 데려갈 수 있는 상태가 아니었다. 사람들은 그를 농장으로 데려갔다. 언뜻 보기에 더러워 보이는 농장이었다. 다리 통증 때문에 다시 못 걷게 되거나 테니스와 골프를 다시는 할 수 없을까 봐 두려웠다. 마일스는 의무관에게 늘 말했다. "대학에서 골프는 내가 1등이었습니다." 마일스는 스물두 살이었다. 사람들은 그를 곳간에 눕히고 깁스를 해준 다음 내버려두었다. 곳간에 난 창으로 밭, 평화로운 들판, 하늘이 내다보였다. 마일스는 두려웠다.

그를 돌봐주던 이탈리아 여자들은 영어를 거의 할 줄 몰랐다. 마일스는 일주일이 지나서야 젊은 여자의 눈이 검다는 것을, 피부는 황금빛이고 성격이 조금 강하다는 것을 깨달았다. 여자는 대략 서른쯤 되어 보였고, 남편은 미국인들을 상대로 싸우고 있었다. 늙은 어머니는 강제징집된 것이라고 말했다. 그러면서 눈물을 흘리고, 머리를 쥐어뜯으며 손수건을 찢어버렸다. 마일스는 그 모습에 어쩔 줄 몰랐다. 이러는 법은 없는 거라는 생각이 들었다. 하지만 노부인의 마음을 달래기 위해, 별일 없을 거라고, 아드님이 오랫동안 포로로 잡혀 있지는 않을 거라고, 상황이 어떤지는 아무도 모른다고 말해주었다. 젊은 여자는 주로 아무 말 없이 웃기만 했다. 여자의 이는 참 희었다. 마일스가 대학에 다닐 때 만났던 여자들과는 달리 그녀는 그와 즐겁게 이야기를 나누지 않았다. 말수가 적었던 그녀와 그 사이에는 뭔가가 싹텄고, 그것 때문에 마일스의 마음도 동요되었고 가볍지 않았다. 그것도 있어서는 안 되는 일이었다. 망설임, 반쯤 웃는 미소, 피하는 시선. 그러나 그는 그녀에게 마음이 혼란스럽다고 말하지 않았다.

  그가 농장에 온 지 열흘째 되던 날, 여자는 그의 옆에 앉아 뜨개질을 하고 있었다. 가끔 물 마시고 싶으냐고 묻는 게 다였다. 날이 아주 더웠다. 마일스는 계속 아니라고 대답했다. 다리가 몹시 아파서 글래디스나 다른 사람들과 테니스를 다시는 칠 수 없을지 모른다는 생각에 잠겨 있었다. 여자가 눈을 내리깔고 서둘러서 실을 감는 동안 두 팔로 실타래를 잡아준 것도 사실은 초조해서였다. 여자의 속눈썹은 아주 길었다. 마일스는 잠깐 주의를 빼앗겼다가 이내 어두운 생각으로 다시 빠져들었다. 불구가 되면 클럽에서 어쩌지?

"저기요……." 여자는 애원하는 투였다.

마일스의 팔이 내려갔던 것이다. 그는 뭔가 사과의 말을 하면서 다시 팔을 들어올렸다. 여자가 웃어 보였다. 마일스도 웃음으로 답하고 금세 시선을 피했다. 글래디스가 알면……. 하지만 글래디스 생각을 하고 있을 수 없었다. 마일스는 손목에 감긴 실타래가 조금씩 줄어드는 걸 지켜보았다. 화려한 색의 블라우스를 입은 여자가 실을 다 감고 나면 그를 향해 반쯤 기울였던 몸을 다시 일으키겠지 하고 생각했다. 마일스는 무의식적으로 동작을 멈추고 손목을 반대 방향으로 기울였다. 그리고 실 끝을 손에 잡고 매달렸다. 생각이 혼미해졌다. '농담, 농담을 꺼내야지.'

실을 거의 다 감은 여자가 마일스 때문에 동작을 멈추고 그를 올려다봤다. 마일스는 여자의 눈이 흔들리는 것을 보았다. 바보같이 그는 웃어 보이려 했다. 여자는 부드럽게 실을 잡아당겼다. 끊어지지 않게 하려고 아주 부드럽게. 그렇게 마일스

바로 앞까지 왔다. 마일스는 눈을 감았다. 여자는 천천히 마일스에게 키스를 하면서 어린아이에게 하듯 손가락에 감긴 실을 풀었다. 마일스는 비교할 수 없는 행복과 포근함에 젖어 여자가 하는 대로 내버려두었다. 그가 다시 눈을 떴을 때, 햇빛 때문에 붉은 블라우스 앞에서 금세 다시 눈을 감아야 했다. 여자는 손으로 그의 얼굴을 잡고 있었다. 이탈리아 남자들이 와인을 마시려고 짚으로 만든 와인 병 싸개를 잡은 것처럼 말이다.

마일스는 곳간에 홀로 남았다. 처음으로 그는 햇빛이 눈부신 이 나라에서 행복을 맛보았다. 모로 누운 그는 밀밭과 올리브 나무들을 바라보았다. 그의 입술에 닿았던 여자의 촉촉한 입술이 아직도 느껴졌다. 이곳에서 아주아주 오래전부터 살았던 것만 같았다.

그날부터 여자는 하루 종일 마일스 옆에 머물렀다. 노부인은 더 이상 곳간에 올라오지 않았다. 마일스의 다리 상태는 호전되었다. 그는 향이 강한 염소 치즈를 먹었다. 루이지아가 침대 위에 와인 병을 매달아준 덕분에 병만 기울이면 어두운 적

색의 시큼한 와인을 받아 마실 수 있었다. 곳간에는 햇빛이 가득 들어왔다. 마일스는 오후 내내 루이지아를 안고 있었다. 붉은 코르셋 위에 머리를 기대고 아무 생각도 하지 않았다. 심지어 글래디스도, 클럽의 친구들도.

어느 날 의무관이 지프차를 타고 규율반과 함께 나타났다. 그는 마일스의 다리를 살펴보고 깁스를 풀더니 몇 걸음 걸어 보라고 시키고는, 당장 떠날 수 있는 상태이니 다음 날 데리러 올 사람을 보내겠다고 했다. 그리고 그를 받아준 이탈리아 가족에게 고맙다는 인사를 꼭 하라고 지시했다.

마일스는 곳간에서 잠시 혼자 있었다. 이제 테니스와 골프도 칠 수 있고, 올리비에와 즐겁게 사냥에 나설 수도 있으며, 글래디스나 다른 여자들과 영국 왈츠를 출 수도 있으니 완치됐다는 사실에 지금보다 훨씬 더 기뻐해야 하는 게 아닌가 생각했다. 런던과 글래스고를 성큼성큼 누비고 다닐 수도 있을 것이다. 그러나 들판에 내리쬐는 햇빛, 침대 위에 매달린 빈 와인 병, 그 모든 것이 이상한 후회를 느끼게 했다. 이젠 떠나야 할 시간이다. 게다가 루이지아의 남편이 곧 돌아온다고 했다. 루이지아와 나쁜 짓을 한 것도 아니었다. 입맞춤만 몇 번 나누었을 뿐……. 그러다가 갑자기 그날 밤, 다리도 다 나았고 답답했던 깁스에서도 해방되었으니 부드러운 입술 말고 루이지아의 다른 것도 알 수 있지 않을까 하는 생각이 들었다.

루이지아가 곳간으로 올라왔다. 그녀는 마일스가 휘청대며 두 다리로 서 있는 모습을 보더니 웃기 시작했다. 잠시 뒤 웃음을 가라앉히고 아이를 바라보듯 걱정스러운 눈길로 마일스를 바라보았다. 마일스는 머뭇거리다가 고개를 끄덕였.

"내일 떠나요, 루이지아."

마일스는 루이지아가 잘 알아듣도록 천천히 같은 말을 두세 번 반복했다. 루이지아가 시선을 피하는 걸 보자 마일스는 자신이 바보 천치에 야만인 같다고 느꼈다. 루이지아가 다시 마일스를 쳐다보았다. 그리고 아무 말 없이 빨간 코르셋을 벗었다. 그녀의 어깨가 햇빛 속에서 마일스의 어두운 침대 속으로 미끄러져 내려갔다.

다음 날 마일스가 떠날 때가 되자 루이지아는 울음을 터뜨렸다. 지프차에 앉은 마일스는 울고 있는 루이지아를 보았다. 그녀 뒤로는 그가 오랫동안 침대에 누워서 보던 들판과 나무들이 보였다. 마일스는 "바이, 바이"라고 하며 곳간의 케케묵은 냄새와 침대 위에 매달아둔 와인 병 냄새를 기억해내려고 애썼다. 마일스는 절망에 찬 눈으로 갈색 머리의 루이지아를 바라보았다. 절대로 잊지 않겠다고 외쳤지만 루이지아는 그의 말을 이해하지 못했다.

그 뒤 나폴리에 갔을 때는 나폴리 여자들이 있었고, 그중 몇몇의 이름이 루이지아였다. 그리고 프랑스 남부로 귀환했다. 다른 전우들은 안달이 나서 첫 배로 런던에 돌아갔지만 마일스는 에스파냐와 이탈리아 국경 사이에서 한 달을 더 머물렀다. 루이지아를 다시 보러 갈 용기가 나지 않았다. 남편이 돌아왔다면 어쩔 수 없겠지만, 만약 그가 돌아오지 않았다면? 햇살 가득한 들판과 오래된 농장, 루이지아의 입맞춤에 버텨낼 재간이 있을까? 이튼에서 자란 그가 이탈리아의 시골에서 농사꾼으로 지낼 수 있을까? 마일스는 지중해 연안을 끊임없이 걸었다. 모래 해변에 몸을 누이고 코냑을 마셔댔다.

그 모든 것이 돌아오자마자 끝났다. 글래디스는 존과 결혼했다. 마일스의 테니스 실력은 예전만 못했다. 아버지를 따라가려면 한참 모자랐다. 마가렛은 매력적이고 헌신적이고 교양 있는 여자였다. 한마디로 말하면 아주 품위 있는 여자……. 

마일스는 다시 눈을 떴다. 술병을 잡아 병째 한 모금 크게 들이켰다. 술 때문에 마일스는 점점 더 붉어지고 수척해졌다. 오늘 아침에는 왼쪽 눈 밑에 작은 혈관이 터졌다. 루이지아는 이제 뚱뚱하고 생기 없는 아줌마가 되어 있겠지. 곳간은 버려졌을 테고. 와인은 예전의 그 맛이 나지 않겠지. 마일스에게는 지금까지 그래왔던 것처럼 살아갈 일밖에 남아 있지 않았다. 사무실, 아침 식사, 신문의 정치 기사. 어떻게 생각해요, 시드니? 사무실, 자동차, 안녕 마가렛, 시메스터나 존스 부부와 함께 시골에서 보내는 일요일, 시합에서 낸 15점, 음료수? 끈질기게 내리는 이런 비도 자주 등장한다. 그리고 고맙게도 코냑도 함께.

 병이 비었다. 마일스는 병을 던져버리고 힘겹게 자리에서 일어났다. 다른 사람들 틈에 다시 섞이는 게 불편했다. 왜 이런 외출을 했을까? 이런 법은 없다. 존엄성과 정반대되는 일이다. 그때 갑자기 마일스는 이탈리아 사람들이 길 양편에서 서로 욕을 하던 모습이 떠올랐다. 세상에서 가장 심한 욕을 해대며 서로 죽이겠다고 위협하면서도 자리를 박차고 일어나는 사람은 한 명도 없었다. 마일스는 큰 소리로 껄껄대며 웃다가 멈췄다. 그의 별장 앞 잔디 위에서 그는 왜 혼자 웃는 것일까?

 마일스는 등나무 의자에 다시 가서 앉았다. 그가 '미안해' 하고 차갑게 말하면 시메스터는 '괜찮아, 친구' 하고 조심스럽게 말할 것이다. 그리고 더 이상 왈가왈부하지 않을 것이다. 그는 더 이상 아무에게도 이탈리아의 하늘, 루이지아의 입맞춤, 낯선 집에서 약한 몸으로 누워 지냈던 달콤한 시간에 대해 말할 수 없을 것이다. 전쟁은 벌써 10년 전에 끝났다. 그리고 그는 더 이상 젊지도, 아름답지도 않았다.

그는 느릿느릿 다른 사람들에게 돌아왔다. 사람들은 그가 자리를 비웠던 걸 몰랐던 것처럼 요령껏 행세하며 그를 다시 대화에 끼워주었다. 마일스는 시메스터와 자동차에 대해 논했다. 속도 면에서는 재규어를 따라갈 차가 없다고, 재규어야말로 훌륭한 스포츠카라고 말했다. 또 오스트레일리아 사람들이 데이비스컵에서 우승할 가능성이 가장 많다고도 했다. 하지만 속으로는 옷장 속에서 잠자고 있는 따뜻한 황금빛 코냑 병을 생각했다. 시메스터 부부가 마가렛과 함께 도시에서 열리는 마지막 쇼를 보러 떠나고 나면 시작될, 감미롭고 햇빛 찬란한 추억의 행진을 생각하며 웃음을 지었다. 할 일이 있는 척하고 다른 사람들을 떠나보내고 난 다음, 그는 옷장 문을 열고 그곳에서 이탈리아와 재회할 것이다.

## 해도 진다

 군중의 함성에 이어 침묵이 이어졌다. 경건한 침묵 속에서 후안 알바레즈는 여덟 번째 베로니카를 성공했다. 햇빛과 관중들의 비명 그리고 침묵에 얼이 빠진 싸움소는 잠시 비틀거렸다. 레이디 브라이튼은 VIP석 첫째 줄에 앉아 파란 눈으로 소를 뚫어져라 쳐다봤다. '용감하지만 기력이 다했군. 후안에겐 식은 죽 먹기겠어.' 그녀는 옆에 앉은 바르셀로나 주재 미국 영사에게 고개를 돌리고 앤디 워홀에 대한 이야기를 계속

나누었다.

  이제 최후의 일격이 남았다. 열정과 자신감에 넘친 후안은 태양 아래에서 힘차게 도약했다. 발끝으로 꼿꼿이 서서 싸움소와 반대 방향으로 뛰어갔다. 레이디 브라이튼은 마치 그가 남성답고 민첩하게 그녀를 공격할 태세로 침대에 뛰어드는 것 같다는 경망스러운 생각이 들었다. '엘 마초.' 그 순간 그녀는 헤밍웨이의 여주인공처럼 종종 들르곤 했던 마드리드의 대저택에 있는 그녀의 닫집 침대가 생각났다. 후안은 금색 옷을 입고 큰 침대까지 깡충깡충 뛰어오곤 했다. 그녀는 침대에서 몸을 뒤로 젖히고 저 검은 싸움소처럼 거의 무방비 상태로 그를 기다렸다. 레이디 브라이튼은 웃음이 터질 것 같았다. 남자들이란 정말 남성성에 대해 별난 생각을 가지고 있다. 후안이 싸움소에게 검을 꽂아 죽이는 일은 그녀를 사랑에 빠지게 한 것만큼이나 많은 시간이 걸리지 않았다. 경기장 관중은 그에게 박수를 보냈다. 그것은 좋았다. 하지만 그녀가 박수를 치는 일은 드물었다. 남녀 관계에 통달한 듯 보이는 영사도 그건 못할 일이었다. "브라보!" 영사는 감흥 없는 소리로 외쳤다. 반면 구름 한 점 없는 파란 하늘 위로 "올레!"가 울려 퍼졌고, 모자들이 짚의 바다처럼 넘실거렸다. 싸움소는 후안의 발밑에 쇳덩어리처럼 쿵 하고 쓰러졌다. 후안은 아주 우아하게 뒤로 돌아 레이디 브라이튼을 바라보았다. 그가 모자를 벗어 들자 관중은 일제히 기립했다. 목숨을 건, 아니 가장 아름다운 여자를 위해 목숨을 바친 젊은이에게 존경을 표시했다. 레이디 브라이튼은 자리에서 가볍게 일어나 열광의 도가니가 된 관중석과 죽은 소 앞에서 기세등등한 애인을 향해 웃어 보였다. 그리고 어렸을 때 버지니아에서 배웠던 대로 웃으며 몸을 숙여 인사했다.

경기장 정리가 끝나자 다시 나팔소리가 울려 퍼졌다. 검은 납빛의 공이 싸움소가 갇혀 있는 우리의 문을 치며 울리자 관중들은 다시 열광했다. 문이 열리자 박수와 두려움과 기쁨이 뒤섞인 공기 속으로 싸움소가 튀어나왔다. 소는 위험해 보였다. 소에게 다가서는 젊은 투우사도 같은 생각인 것 같았다.

케이프를 팔에 단단히 고정시킨 투우사는 소를 향해 약간 대각선으로, 천천히 걸어갔다. 잠시 뒤 사람들이 웅성거리기 시작했다. 거의 금발에 가까운, 바르셀로나의 신예 투우사 로드리게즈 세라의 조심스러운 대담함과 만용을 알아채기라도 한 것 같았다.

"저 투우사 이름이 로드리게즈 세라랍니다." 영사가 레이디 브라이튼에게 알려주었다. 레이디 브라이튼은 별로 대단하지 않은 소식을 들었을 때처럼 고개만 까딱하고 말았다. 그러나 눈으로는 금발 머리 투우사의 목과 두려움으로 위축된 어깨, 얼어붙은 것 같은 허리를 주시했다. 젊은 투우사는 처음으로 관중의 응원과 그런 관중들 앞에서 분노하거나 무력해진 싸움소를 대면하고 있었다. 로드리게즈 세라는 조금 멀리 떨어져서 발로 바닥을 쳤다. 싸움소는 그의 존재를 알아차리지도 못한 듯했다. 그러자 관람석 한쪽 구석에서 가벼운 웃음소리가 새어 나왔다. 로드리게즈는 소를 향해 세 발짝, 네 발짝, 다섯 발짝을 걸었다. 그리고 다시 다가가도 운이 없었는지, 소리가 나질 않아서인지, 아니면 바람도 불지 않고 피비린내도 나지 않아서인지 싸움소는 그를 돌아보지 않았다. 그러자 사람들이 긴장을 풀고 웃기 시작했다. 말단 투우사 두 명이 나섰지만 소는 갑자기 돌처럼 꿈쩍도 하지 않고 방금 나왔던 우리의 문만 뚫어져라 쳐다봤다. 마치 강력한 생존 본능이 그를 다시 우리로 이끄는 듯했다.

"토로!" 로드리게즈가 외쳤다. 소가 그를 돌아보더니 다시 천천히, 그리고 한가로이 방금 나왔던 나무 문 쪽으로 향했다.

그것은 자명했다. 소는 한가로이 언덕과 암소들, 기름진 풀과 떡갈나무, 밤, 하늘을 생각하고 있었지 뭔가. 누가 보더라도 10분 내에 자기 목숨을 앗아가버릴지도 모를 금발 머리 청년은 안중에도 없었다. 당황한 투우사는 할 일을 빼앗긴 사람처럼 소에게 몇 걸음 다가갔다. 관중은 투우사의 사기 저하에 놀랐고 갑자기 화를 내며 야유를 퍼붓기 시작했다. 청년이 화살 통이라도 가지고 있다가 그를 유유낙낙 기다리는 소에게 화살을 퍼붓기라도 했어야 할까? 육중한 검은 소를 올라탔어야 할까? 비싼 입장권을 샀는데 잔인함과 피, 광기를 보지 못해서 관중들이 실망한 걸까? 레이디 브라이튼은 기계적인 몸짓으로 옆에 앉은 영사의 쌍안경을 빼앗아 들었다. 그녀는 뜻밖의 관심을 가지고 금발 머리에 지금까지는 아무 짝에도 쓸모가 없는(영사 생각으로는) 투우사의 옆모습을 물끄러미 바라보았다. 소는 세 번째로 고개를 돌려 적이 될 수도 있는 청년을 쳐다보았다. 그리고 — 마치 예의상 그러는 듯이 — 그를 향해 사뿐사뿐, 거의 즐거운 듯이 달려왔다. 그를 향해 달려드는 800킬로의 육중한 소를 피하기 위해 금발 머리 청년은 퍼레이드에서처럼 옆으로 한 걸음 물러서기만 하면 되었다. 청년은 10미터 떨어져서 붉은 천을 휘둘렀다. 하지만 소는 여전히 꿈쩍도 하지 않았다. 다시 5미터 가까이 다가갔지만 그래도 소는 요지부동이었다. 관중들이 놀란 듯 갑자기 조용해졌다. 투우사의 대담함 때문이 아니었다. 그건 대담함도 아니었다. 사람들이 놀란 건 천하태평한 소 때문이었다. 사실 여기서 처음 벌어지는 일은 아니었지만 말이다. 사람들은 인간과 동물 사이에 흐르는 조화, 그들의 천하태평, 무관심, 서로 죽이고자 하는 갈망의 부재에 놀랐던 것이다. 그러자 소를 찔러 자극하려는 다른 투우사들이 투입되었다. 하지만 그 누구도 젊은 금발 머리 청년과 검은 싸움소가 한 약속을 깨뜨리지 못했다. 그것은 말로 한 것은 아니었지만 분명한 약속이었다. 청년과 소는 몇 번 서로를 공격했고(별 성의 없이) 심한 야유를 받았다. 그리고 침묵이 몇 번 오갔다. 이번에도 야유가 쏟아졌다. 사람들이 던지는 물건, 쿠션, 토마토, 꽃, 병 세례를 받던 청년이 갑자기 소를 살려달라고 외쳤다. 그리고 그렇게 투우사 생활을 마감했다. 두 엄지를 바닥을 향해 내리고 모자를 앞에 놓은 채 그는 레이디 브라이튼의 파란 눈을 응시했다.

"이런 건 처음 봅니다." 경기 위원장이 영사에게 말했다. "내 평생 이런 일은 처음 봐요! 저놈은 남자도 아닙니다!"

위원장은 일어나서 소는 살려주고 투우사는 잘라버렸다. 그는 외국인들 앞에서 남자다움이 모자란 자기 나라 사람을 벌주게 되어 만족스러웠다. 그때 레이디 브라이튼이 위원장에게 몸을 기울였다. 그리고 영사의 어깨 너머로 예의 그 완벽한 웃음을 지으며 말했다. "저도 처음이에요. 침대에서 로드리게즈 같은 남자는 보질 못했죠. 소들하고 그런 짓은 하지 말라고 했건만……."

그녀는 기뻐서 풀을 뜯으러 돌아가는 검은 소와 기뻐서 그녀의 침대로 돌아가는 금발 머리 청년을 턱으로 가리켰다.

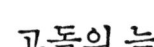

## 고독의 늪

　프뤼당스. '참을성'이라는 뜻의 프뤼당스가 그녀의 이름이었다. 안타깝게도 그 이름은 그녀에게 전혀 어울리지도 않았다. 프뤼당스 델보는 트라프 근처 숲길에서 차를 멈추었다. 그리고 11월의 차갑고 습한 바람을 맞으며 한가로이 걸어 다녔다. 오후 5시. 이미 어둑어둑했다. 슬픈 달, 슬픈 풍경에 맞는 슬픈 시간이었다. 하지만 프뤼당스는 휘파람을 불고 가끔 몸을 숙여 밤이나 빨갛게 물들어 예쁜 나뭇잎을 주웠다. 그녀는 자조적으로 도대체 여기서 뭐 하는 짓인가 싶었다. 매력적인 애인과 매력적인 친구들 집에서 매력적인 주말을 보내고 돌아가는 길에 왜 갑자기 피아트를 멈추고 차갑고 붉은 가을날 길을 걷고 싶은 욕구를 떨쳐버릴 수 없었는지, 왜 혼자 걷고 싶은 유혹에 져버렸는지 생각했다.

프뤼당스는 낙엽 색깔의 몹시 우아한 모직 외투를 입고 있었다. 거기에 실크 스카프를 한 그녀는 서른 살이었다. 균형이 잘 잡힌 장화는 걸을 때마다 쾌감을 주었다. 까마귀가 까악까악 울며 하늘을 가로질러 가자 이내 다른 까마귀 친구들이 그 뒤를 이어 지평선을 물들였다. 희한하게도 아주 익숙한 까마귀 울음소리와 날갯짓이 이유를 알 수 없는 공포에 사로잡힌 듯 프뤼당스의 심장을 두근거리게 했다. 프뤼당스는 부랑자를 두려워하는 법도 없었고, 추위나 바람, 삶 그 자체도 무섭지 않았다. 친구들은 프뤼당스의 이름을 부르며 웃음을 터뜨리곤 했다. 그녀가 사는 삶과 비교하면 프뤼당스라는 이름이 완벽한 모순이라는 것이다. 그녀는 다만 이해하지 못하는 게 있다는 게 싫을 뿐이었다. 무슨 일이 닥친 것인지 이해하지 못하는 것. 그것이 그녀가 유일하게 두려워하는 것이었다. 그녀는 갑자기 걸음을 멈추고 숨을 다시 들이쉬어야 했다.

주위 풍경은 마치 브뤼헐의 작품 같았다. 그녀는 브뤼헐을 좋아했다. 그녀를 기다리는 따뜻한 자동차와 자동차에서 틀 음악을 사랑했다. 그녀는 8시쯤 그녀를 사랑하고 그녀가 사랑하는 장 프랑수아라는 남자를 만나게 될 거라는 생각을 사랑했다. 사랑의 밤을 보내고 하품을 하며 자리에서 일어나 '상대방'을 위해 그 혹은 그녀가 만들 커피를 단숨에 마실 거라는 생각을 사랑했다. 그리고 내일 사무실에 나가서 마르크와 광고에 대해 말할 생각도 사랑했다. 마르크는 친한 친구이자 5년 이상 함께 일해온 동료였다. 세제를 잘 파는 가장 좋은 방법은 그 세제가 회색으로 더 잘 빨아준다는 걸 보여주는 것이라고, 그리고 사람들에게는 흰색보다는 회색, 밝은 것보다는 어두운 것, 멀쩡한 것보다는 헤진 것이 더 필요하다는 걸 증명하는 것이라고 깔깔대며 말할 것이다.

프뤼당스는 그 모든 걸 사랑했다. 그녀의 삶을 참 좋아했다. 친구도 많고, 애인도 많고, 재미있는 직업에 아이도 있고, 음악, 책, 꽃, 장작불을 좋아했다. 하지만 그 까마귀가 야단스러운 무리를 이끌고 지나갔고, 무언가가 그녀의 마음을 찢어놓았다. 무엇인지 알 수도 없고, 그 누구에게도, 그녀 자신에게조차(그래서 더 심각하다) 설명할 수도 없는 그 무엇.

길이 오른쪽으로 꺾어졌다. 표지판에는 '네덜란드의 늪'이라고 적혀 있었다. 석양, 갈대, 가시금작화, 오리가 있는 늪이라니, 순간 구미가 당겼다. 프뤼당스는 발걸음을 재촉했다. 정말 금세 늪이 나타났다. 푸르고 회색빛이 도는 늪은 오리는 없었어도(오리라고는 그림자 하나도 없었다) 낙엽으로 뒤덮여 있었다. 낙엽들은 공중에서 빙글빙글 돌다가 바닥에 쌓이고 있었다. 하나같이 도와달라고, 보호해달라고 부르는 것 같았다. 낙엽들은 오필리아 같았다. 프뤼당스는 나무 밑동을 발견했다. 양심 없는 나무꾼이 거기에 버리고 간 게 틀림없었다. 프뤼당스는 거기에 걸터앉았다. 여기서 대체 뭘 하는 거지, 하는 의문이 자꾸 들었다. 이러다 늦게 도착하게 되면 장 프랑수아가 걱정할 터였다. 걱정하는 게 맞을 거다. 사람이 행복하면, 자기가 좋아하는 일을 하고 다른 사람들도 좋아하는 일을 하면 이렇게 혼자 나무 밑동에 앉아 있어서는 안 되었다. 그것도 추운 날씨에 한 번도 들어와본 적 없는 늪가에서 말이다. 불행한 사람들(어쨌든 살기 힘들어하는 사람들)을 가리켜 '신경쇠약'이라고 하지만 프뤼당스는 그런 것과는 거리가 멀었다.

마음을 진정시키려는 듯 프뤼당스는 외투 주머니에서 담배를 꺼냈다. 다른 주머니에서는 '크리켓'을 꺼내 들고 안심하면서 담배에 불을 붙였다. 담배 연기는 따뜻하고 매웠다. 같은 브랜드를 피운 지 10년이나 되었는데 처음 맛보는 것처럼 느껴졌다.

'정말, 그냥 혼자 있고 싶은 게 아닐까? 혼자 있어본 지 오래되어서? 이 늪이 혹시 저주의 늪은 아닐까? 늪까지 온 게 우연이 아니라 운명이었다면? 네덜란드 늪을 감싸고 있는 마법의 연속이 아닐까? 이름이 이름이다 보니······.'

프뤼당스는 기대고 있는 나무 밑동에 손을 대보았다. 오래되고 거칠어진 나무가 느껴졌다. 비와 외로움으로 그렇게 되었겠지(잘려서 죽은 다음 버려진 나무보다 더 외롭고 더 슬픈 것이 어디 있을까? 아무 짝에도 쓸모없어진 나무, 불을 지필 수도, 집을 지을 수도, 연인들을 위한 벤치도 될 수 없는 나무가 되었으니). 나무를 만져보니 애처로움, 애정 같은 게 느껴졌다. 그리고 놀랍게도 눈에 눈물이 고였다. 프뤼당스는 나무를 살펴보았다. 눈으로 구별하기 아주 힘들었지만 나뭇결을 자세히 들여다보았다. 나무도 이미 회색과 흰색을 띠는데 그 결도 회색과 거의 흰색으로 퇴색되어 있었다(마치 노인들의 혈관 같다는 생각이 들었다. 피가 흐르는 게 보이지 않는 혈관, 피가 흐르는 줄은 알지만 들리지도 않고 보이지도 않는 혈관 같았다). 이 나무에게도 사정은 비슷했다. 수액이 전혀 없었다. 수액, 충동, 열, '하고 싶다'는 열망. 바보 같은 짓, 사랑, 일, 행동하고 싶다는 열망······.

그 모든 생각이 엄청나게 빠른 속도로 머릿속을 휘저었다. 동시에 체념한 그녀는 더 이상 자기가 누구인지도 몰랐다. 그러다가 갑자기 자기 자신에 대한 생각이 들었다. 절대 자기 모습을 보지 않는 자신, 자기 자신을 보려고 시도해보지도 않은 자신, 삶이 충만했던 자신. 프뤼당스는 갑자기 자신을 한 여자로 보았다. 모직 외투를 입고 썩은 물이 괸 늪가에서 죽은 나무 밑동에 앉아 담배를 피우는 여자. 그녀 안에 있던 누군가는 무슨 일이 있어도 이곳을 떠나고 싶어 했다. 자동차와 자동차 안의 음악, 도로를 다시 찾고 싶어 했다. 죽음을 피할 수 있는 수천 가지 방법, 능숙한 운전자들이 사고를 피하기 위해 사용해야 할 수천 가지 방법을 다시 찾고 싶어 했다. 그 누군가는 장 프랑수아의 품, 파리의 카페, 기욤 아폴리네르가 찬양하던 '진, 집시, 사이편, 전기'를 다시 찾고 싶어 했다. 그러나 그녀 안에는 다른 사람도 있었다. 그녀가 모르던 사람, 그때까지 존재하는지도 모르고 있던 그 사람은 어둠이 내리는 것과 늪이 어둠 속에 자리하는 것, 숲이 자신의 손 아래에서 차가워지는 것을 보고 싶어 했다. 그리고 또 누가 아는가. 그 누군가가 나중에 이 물속으로 걸어 들어가 추위를 느끼고 그다음에는 가라앉아서 길을 잃고 파랗고 노란 모랫바닥과 하루 종일 쌓인 낙엽들에 닿게 될지……. 그 낙엽들 위에 누워 다정하지만 정신 나간 물고기들에게 둘러싸인 그 사람은 요람, 진정한 삶, 즉 죽음으로 돌아가서 완벽한 평안을 누릴 것이다.

'미쳐가는군.' 프뤼당스는 생각했다. 그때 들려온 목소리에 그녀는 움찔했다. "내가 확실히 말하는데, 그게 진리야. 너의 진리." 그것은 어린 시절의 목소리 같았다. 여러 행복을 누린 30년 동안 습득한 다른 목소리는 이렇게 말했다. "이제 그만 집으로 돌아가 비타민 B와 C를 먹어야지. 네 안에 뭔가 잘못된 게 있어."

물론 두 번째 목소리가 이겼다. 프뤼당스 델보는 자리에서 일어나 나무 밑동과 늪, 낙엽, 삶을 버려두었다. 그리고 파리, 소파, 바, 우리가 '삶'이라고 부르는 것들에게로 돌아왔다. 그녀는 장 프랑수아라는 애인에게 돌아왔다.

자동차에 올라타 음악을 틀었다. 운전을 아주 조심스럽게 하고 30분간의 방황에 웃음까지 짓는다. 하지만 두 달이 지나서야 네덜란드 늪을 잊어버렸다. 그 전까지는 잊을 수 없었다. 어쨌든 장 프랑수아에게는 그 늪에 대해서 말하지 않았다.

**옮긴이의 글**

『길모퉁이 카페』는 1975년에 처음 출간됐다가 2004년 프랑수아즈 사강의 사망 후 2009년에 다시 출간됐다. 사강의 장편소설은 스무 편 정도 발표된 반면 단편집은 네 권에 불과한데, 그중 한 권이 바로 『길모퉁이 카페』다.

프랑수아즈 사강에 대해 덧붙일 말이 있을까. 이미 세계적으로 유명하고 국내에서도 『슬픔이여 안녕』으로 유명하니 말이다. 다만 그가 선호하는 테마가 사랑이며, 주로 삶에 대한 환멸을 느낀 부유한 부르주아 계층을 주인공으로 삼고, 가볍고도 시니컬한 목소리로 이야기를 들려준다는 점만 짚고 넘어가자. '결별'을 테마로 한 열아홉 편의 단편을 모은 『길모퉁이 카페』도 다르지 않기 때문이다.

다른 남자를 사랑하는 아내를 두고 떠나야 하는 불치병에 걸린 남자의 이야기 「누워 있는 남자」, 사랑하는 남자를 못 잊고 괴로워하던 저녁, 다른 남자에게서 위로를 얻으려는 여자의 이야기 「어느 저녁」, 남자에게 이별을 통보하러 가는 여자의 이야기 「왼쪽 속눈썹」 등에는 이별을 앞둔, 혹은 이미 이별을 경험한 남녀의 복잡하고 미묘한 심리가 묘사되어 있다. 그런가 하면 70년대 작품이라고 하기에는 무색할 정도로 오늘날 벌어지는 우리의 이야기라고 생각되는 단편들도 있다. 때로는 신문 사회면을 장식하기도 하는 호스트들의 70년대판 이야기라고 할 수 있는 「지골로」나 가족들을 먹여 살리느라 무슨 짓이든 마다하지 않는 가장의 이야기 「개 같은 밤」은 우리도 공감할 수 있는 아련함이 배어 있다. 사강의 작품이 맞나 싶을 정도로 유머가 넘치는 작품도 있다. 그중에서도 「낚시 시합」이나 「개 같은 밤」은 우화를 읽는 듯한 기분이 들 정도로 다른 단편들과 확연한 차이가 난다.

  작가의 모습을 엿볼 수 있는 단편들도 눈에 띈다. 「이탈리아의 하늘」에서는 사강이 실제로 속해 있었던 사교계의 모습을 엿볼 수 있다. 진실함이나 진지함과는 거리가 있는 구성원의 인간관계에 대해 작가가 느끼는 씁쓸함이 녹아 있는 듯하다. 또 질병이나 죽음에 대한 두려움, 늙는다는 것에 대한 서글픔이 깃들어 있는 단편들도 많다.

   장편소설이나 에세이로만 사강을 접했던 독자들에게 이 단편집은 새로운 발견이 될 수도 있을 것이다. 적어도 프랑스뿐만 아니라 영국, 독일, 이탈리아 등 유럽 각지를 무대로 삼은 열아홉 편의 글을 읽은 뒤 유럽 여행을 마친 기분을 만끽할 수 있지 않을까.

권지현